पी. जी.

(दिल्ली यूनिवर्सिटी का जीवन)

गर्वित जिंदल

समर्पण

मेरे दोस्तों और पी. जी. के उन रूममेट्स को समर्पित जिन्होंने दिल्ली में मेरा रहना बहुत आसान किया और पी. जी. को ही घर जैसा बना दिया

(1)

विक्रम पहली बार घर से बाहर रहने के लिए निकला है। उसने अपनी 12वीं कक्षा समाप्त होने तक यह निश्चित कर लिया था कि उसे दिल्ली जाकर आगे की पढ़ाई और जीवन-यापन करना है। 12वीं का परिणाम भी संतोषजनक आया; वह अपनी कक्षा में अव्वल आया तथा 96% अंकों के साथ उसे डी.यू., यानी दिल्ली विश्वविद्यालय में दाखिला मिल गया। उसका कॉलेज हंसराज है, जिसने पहले ही शाहरुख खान, अनुराग कश्यप जैसे नामी-गिरामी लोगों का आगमन देखा था, तो निश्चित ही था कि यहां से पढ़कर कुछ बड़ा किया जा सकता है। विक्रम भी कुछ खास करने की अभिलाषा से दिल्ली आया है।

उसे अपने हालातों से समझौता करना अथवा जैसे पैदा हुए वैसे ही मर जाना मंजूर नहीं है। वह एक संघर्षशील नवयुवक है, जो पत्थर को काटकर रास्ता बनाने जैसी कविताओं से प्रभावित है। वह रामधारी सिंह दिनकर को पढ़ता है:

"हटो व्योम के मेघ, पंथ से स्वर्ग लूटने हम आते हैं;

दूध-दूध ओ वत्स तुम्हारा, दूध खोजने हम जाते हैं।"

जब भी उसे कोई दुविधा आती, वह स्वयं को सोहनलाल द्विवेदी की वे पंक्तियां याद दिलाता:

"लहरों से डर कर नौका पार नहीं होती,

 कोशिश करने वालों की हार नहीं होती।"

विक्रम अपने परिवार के साथ प्रयागराज स्टेशन से दिल्ली की ट्रेन पकड़ते समय अपने घर और शहर को तो निहार ही रहा था, परंतु साथ ही साथ उसकी चेतना में एक युवती, मंजू भी थी।

वह मंजू से 8वीं कक्षा से प्रेम करता था। यह बचपन का वही निश्छल प्रेम था जिसमें कुछ पाने की लालसा नहीं होती, कामवासना एक घोर अपराध जान पड़ती है, और मनुष्य किसी सामान्य प्राणी से बढ़कर कुछ नहीं रह जाता, जो अपनी प्रकृति के अधीन ही हर कार्य करता है।

मंजू को विक्रम के सीने में उठते इस ज्वालामुखी के बारे में कोई आभास न था, जब तक कि विक्रम की प्रेम-लहरें एक शांत समुद्र के भांति पूर्णतः स्थिर न हो गईं।

9वीं कक्षा में, जब उसने मंजू को एक फेसबुक पोस्ट में टैग किया था जिसमें 'अपने जान-पहचान के सबसे क्यूट शख़्स को टैग करें' लिखा था, तब मंजू ने भी उसे रिप्लाई में एक स्माइली भेजी। बस यहीं से उनकी बातचीत शुरू हुई।

पहले पहल ये बातें केवल फेसबुक पर ही सीमित थीं, परंतु धीरे-धीरे विक्रम की पहल पर शंकाएं कम हुईं और वे दोनों आमने-सामने भी खुलकर बात करने लगे। कभी-कभी विक्रम अगर क्लास की पीछे वाली बेंच पर बैठकर मंजू का हाथ पकड़ लेता, तो वह भी इसे भांपकर भी कोई प्रतिक्रिया नहीं देती तथा लड़कपन के इस प्रथम प्रेमालिंगन का आनंद लेती।

10वीं कक्षा तक पहुंचते-पहुंचते दोनों एक-दूसरे से अपने प्रेम का इज़हार कर चुके थे और कभी-कभी एक दिन निश्चित करके

स्कूल सबसे जल्दी पहुंचते तथा क्लास में एक-दूसरे के समीप बैठकर बातें करते।

विक्रम जब यह सब बातें और पुराने दिन याद कर रहा था, तो मानो उसका सीना धधक रहा था। एक हूक उठ रही थी, अनिश्चितता के डर की हूक, जो जीवन के अगले पड़ाव पर कदम रखने से पहले अक्सर मनुष्य को झकझोरती है।

मंजू 12वीं कक्षा के प्रारंभ में ही उससे कह चुकी थी कि ये प्यार-व्यार सब फालतू में समय नष्ट करता है और वैसे भी इस साल की पढ़ाई बहुत आवश्यक है।

विक्रम उसे समझाने की सभी चेष्टाएं करके इसी निष्कर्ष पर पहुंचा था कि अब मंजू को उससे प्रेम नहीं रहा।

यह बात उसके लिए उतनी ही दुर्दमनीय थी जितनी कि सच। अब उनकी कभी-कभी बातें हो जातीं, बल्कि विक्रम तो बहाने खोज-खोजकर उससे बात करता, परंतु मंजू हर बार काम से मतलब रखती और उसे जल्दी टाल देती।

विक्रम ने भी धीरे-धीरे पढ़ाई में ध्यान लगाना शुरू कर दिया।

मंजू के 92% अंक आने के बावजूद उसके घर वालों ने उसे घर की आर्थिक स्थिति का हवाला देते हुए बाहर नहीं जाने दिया और उसे इलाहाबाद विश्वविद्यालय में बी.ए. करने हेतु दाखिल करवा दिया।

विक्रम की आर्थिक स्थिति भी मंजू से कुछ खास बेहतर नहीं थी, परंतु फिर भी वह इस समय दिल्ली जाने के लिए ट्रेन के सफर में

था और इस दौरान 9वीं में उस पर बरसे प्यार तथा बाद के दुर्दिनों को याद कर रहा था।

दिल्ली पहुंचते ही उसे कमला नगर के एक पांच मंजिला पी.जी. में ठहराया गया, जिसकी पहली दो मंजिलें लड़कियों के लिए आरक्षित थीं तथा ऊपर की तीन लड़कों के लिए।

ग्राउंड फ्लोर पर रिसेप्शन है तथा वहीं मेस भी है जहां सभी का भोजन लगता है।

विक्रम को अपना कमरा चौथी मंजिल पर मिला, जिसे उसे रामजस कॉलेज के एक लड़के सौरव के साथ साझा करना है।

सौरव हरियाणा के पंचकूला का रहने वाला है और प्रायः बनियों की भांति हिसाब में सजग। रूम में आने वाली सब चीज़ों का हिसाब वही रखता, तो विक्रम को इस विषय में कोई चिंता करने की आवश्यकता नहीं रही।

एक दिन रिश्तेदारों के यहां रुककर उसके मां-बाप भी विदा ले चुके हैं।

अब उसे अपने दम पर जीना सीखना है, जो ज्यादा कठिन नहीं मालूम हुआ क्योंकि उसे खाना बनाना, कपड़े धोना इत्यादि पहले से आता था, तथा घर की याद आने से पहले ही घर से चार-पांच फोन आ चुके होते थे, जो अधिकतर उसकी मम्मी के ही होते थे।

कभी वह फोन उठाता, तो कभी पढ़ाई, नींद इत्यादि का बहाना लगाकर वैसे ही बजने देता।

सौरव के साथ उसकी मित्रता बढ़ने लगी; दोनों धीरे-धीरे एक-दूसरे के आचार-व्यवहार और जीवन-यापन के तरीके को समझने लगे।

सांस्कृतिक आदान-प्रदान भी जाहिर तौर पर हुआ।

उदाहरणतः पहले ही महीने में विक्रम, जिसने कभी-कभार ही सिगरेट पी थी, अब हुक्के से रिंग्स बनाना सीख गया है।

दोनों दिन में देर से उठते और शाम को पास के पार्क में सैर करते; यही उनकी दैनिक कार्य परियोजना है।

उन्हें बस कॉलेज खुलने का इंतज़ार है।

(2)

नया शहर एक रहस्य से भरा होता है। यह रहस्य धीरे - धीरे अपने पर्दें खोलता है और खोलते - खोलते इतना जाहिर हो जाता है कि वह अपना ही प्रतीत होने लगता है परंतु विक्रम के लिए अब भी प्रयागराज ही उसका अपना शहर है। अभी उसे दिल्ली एक पराए घर की तरह खाता है। उसके चेहरे से यह भांपना पर बहुत कठिन होगा क्योंकि वह कितना भी अकेला क्यों न हो, अपने चेहरे पर प्रतीत न होने देता। दूसरी ओर सौरव को देखकर भी कोई नहीं कह सकता था कि नए शहर में उसको कोई तकलीफ है। वह इस प्रकार उमंग और रोमांच में रहता मानो कि वह इस शहर में रहने की विधि सीख गया हो। आज सौरव ने नीली जीन्स और सफेद शर्ट पहनी है, बालों में सिरम लगाकर एक तरफ कर

दिया गया है। रामजस कॉलेज में प्रवेश करते ही उसके चेहरे पर प्रसन्नता झलक रही है। वह बार - बार कोशिश करता गंभीर दिखने की परंतु उसकी अंतरात्मा का रोमांच का फव्वारा छुपाए नहीं छुपता। वह कभी कॉलेज की ऊंची दीवारों को निहारता तो कभी आस - पास से गुजर रही सजी - धजी लड़कियों को ताकता। उसकी चाल आमतौर से धीमी है मानो वह कॉलेज के पहले दिन को पूर्णतः अपने मस्तिष्क में उतारना चाहता हो। आज उसने एक भी फ़ोटो नहीं खिंचवाई। वह अपने सहपाठियों से मिलने के लिए उत्सुक है।

अपने फ़ोन से देखकर वह कक्षा क्रमांक 215 में पहुंचा। कक्षा कचाकच भरी हुई है। वह जाकर एक समूह में बैठा और सबसे हाथ मिलाकर उसने अपना परिचय दिया। उसके पहुंचने के बाद उस समूह में 3 लड़के और 2 लड़कियां है। सब ने एक दूसरे के ग्रह - राज्य, शहर इत्यादि के बारे में पूछा, एक दूसरे की पसंद जानने की पहल भी की गई। सौरव यहां संलग्न भी है और साक्षी द्रष्टा भी। वह बाकी विद्यार्थियों की तरह ही इस नई सी दुनिया को देख भी रहा है और इसे अपने प्रभाव से आक्षेपित भी कर रहा है। अध्यापक के कक्षा में आते ही सबने अपनी कुर्सियां सही की और सज्जनता सहित बैठ गए। लगातार तीन कक्षाएं लगाकर सब कैंटीन में पहुंचें और चाय, कॉफी आदि मंगवाए गए। सौरव की महताब के साथ सबसे अधिक दोस्ती जमी जो कि बिहार के पटना से आता है। पता चला कि महताब भी कमला नगर में ही रहने का ठिकाना ढूंढ रहा है। इससे पहले वो कई जगहों पर देख चुका है पर सब जगहों से निराश ही हुआ। सबसे अधिक कठिनाई उसे इस कारण हुई कि वह ब्रोकरेज के रूप में 100% अथवा 50% किराया नहीं देना चाहता है। उसको छोड़ने केवल

उसकी मम्मी आई थी जो पहले ही वापिस जा चुकी है, उसने एक रात पटना के ही एक दोस्त के यहां बिताई और आज कॉलेज से वापिस जाकर फिर घर ढूंढने की जद्दोजहद में लगने वाला है। सौरव की आंखें एकाएक चमक उठी।

"ये तो कोई चिंता की बात ही नहीं है, तू हमारे साथ चल।"

"कहां! तुम्हारे पी. जी. में? वहां पर कोई सीट खाली है?"

"अरे, हां ना! मेरा तीन जनों का कमरा है और अभी मेरे साथ बस एक प्रयागराज का लड़का विक्रम रहता है जो हंसराज कॉलेज में हमारे वाला ही कोर्स बी. ए. कर रहा है।"

विक्रम सुबह से कॉलेज के पहले दिन की चिंता में है। ऐसा नहीं है कि उसको उमंग नहीं है पर उसको अधिक सोचकर सामान्य - सी घटनाओं को भी भयावर संकट बनाने की आदत है। उसने कॉलेज के लिए खासतौर पर खरीदी हरी पैंट और गुलाबी शर्ट अपनी अलमारी में पड़े कपड़ों के जत्थे में सबसे नीचे से निकाली। नहा - धोकर नया परफ्यूम लगाया और कॉलेज के लिए निकला। फ़ोन में मैप्स का प्रयोग करके वह कॉलेज पहुंचा और दीवारों, इमारत इत्यादि पर अचरज करता हुआ अपनी कक्षा में पहुंचा। संयोग है कि इसकी कक्षा भी 215 नंबर में ही है। कक्षा में अध्यापक पहले से मौजूद है। उसने अध्यापक से नज़रें मिलाई और आंखों से ही अंदर आने की इजाज़त मांगी। इजाज़त मिलने पर वह कक्षा में आखिरी में खाली पड़े बैंच पर जाकर बैठा और किताब निकालकर नोट्स बनाने लगा। कॉलेज शुरू होने से पहले ही उसकी अपनी कक्षा में विधि नाम की लड़की से फ़ोन पर बात होती थी, सो आज भी वह कॉलेज के ग्राउंड में उसी के पास बैठा। दोनों की वाइब्स मिल रही हैं। सौरव का फ़ोन आने पर वह

वापिस पी. जी. पहुंचा जहां मेस में खाना लग चुका है। आते समय उसे अपनी कक्षा के कुछ लोग कंपनी देने के लिए मिल गए।

वह मुंह - हाथ धोने के लिए अपने कमरे में पहुंचा तो देखा कि वहां सौरव के साथ एक लड़का पहले से मौजूद है। उसने अपना बस्ता बिस्तर पर फेंका और हाथ पीछे की ओर फैलाकर उनके सहारे पर बैठ गया। सौरव ने विक्रम और महताब का परिचय करवाया और बताया कि वह भी अब इन्हीं के साथ इस कमरे में रहेगा। विक्रम को इस पर कोई आपत्ति नहीं है पर उसे गर्मजोशी दिखानी भी नहीं आती है। तीनों ग्राउंड फ्लोर पर मेस में पहुंचे जहां पी. जी. के सभी बच्चे मौजूद हैं। लगभग सभी नॉर्थ कैंपस के विद्यार्थी ही हैं। संयोग है या यूं कहो लड़कों की प्रकृति है कि इन तीनों ने एक साथ एक ही चीज पर गौर किया कि इनकी पी. जी. की लड़कियां बहुत सुंदर हैं। जैसे ही तीनों की नज़रें एक - दूसरे की ओर मुड़ी तो तीनों थोड़ा - सा हंस पड़ें। तीन लड़कियों का एक समूह इन्हीं की बगल वाली मेज पर आकर बैठा। सभी खाना खा ही रहे होते है कि अचानक से छत्र की आवाज़ आती है। विक्रम की चम्मच नीचे बगल वाली मेज के करीब जा गिरी। साथ में बैठी लड़की ने चम्मच उठाकर उसे दी तो उसने धन्यवाद कहा जिसपर लड़की ने मुस्कुरा दिया। सभी खाना खाकर अपने बर्तन धोने में रखने गए जहां विक्रम ने उस लड़की से बातचीत की चेष्टा की।

"ये प्लेट यहां रखनी है।" - विक्रम ने प्लेट रखते हुए कहा।

"ओह, थैंक्यू।"

"वैसे आपका नाम क्या है?"

"श्रुति, श्रुति शर्मा और आपका?"

"विक्रम राजपूत, आप भी स्टूडेंट हो?"

"जी, मैं हंसराज कॉलेज से बी. कॉम. कर रही हूं।"

"सच में! मैं भी हंसराज में ही हूं, बी. ए. कर रहा हूं।"

यह सुनकर श्रुति हल्की - सी मुसकाई।

"वैसे श्रुति, आप है कहां से?"

"जी मैं अमेठी से और आप?"

"प्रयागराज, वैसे अमेठी काफी सुंदर शहर है।"

"जी" (उसने मुस्कुराते हुए कहा।)

बात चल ही रही थी कि श्रुति की दोस्त उसे आकर ले गई। दोनों ने दूर से हाथ हिलाकर बाय कहां। सौरव और महताब विक्रम को छेड़ने के लिए उस लड़की का नाम पूछने लगे। विक्रम को आज रात मंजू की याद के साथ श्रुति के ख्याल भी आ रहे हैं। वह सोच रहा है कि श्रुति कितनी प्यारी थी। सोचते हुए वह कब सो गया, शायद उसे स्वयं भी आभास ना रहा। अगले दिन सवेरे जल्दी उठ गया और सोचने लगा कि आज श्रुति का फ़ोन नंबर या इंस्टा आई. डी., कुछ ले लेगा।

(3)

बारिश का मौसम बीते कुछ समय हो चुका है पर आज आसमान पर बादल छाए हुए हैं। बारिश समस्त वातावरण में एक खास हलचल पैदा करती है। यह अमीर को और वैभवशाली और गरीब को और दुर्दशित करती है। यह हंसने वालों को खेलने के अवसर प्रदान करती है तो रोने वालों को आंसू छुपाने की छाया देती है। टीप - टीप कर धरती पर पड़ने से जो मिट्टी की खुशबू उत्पन्न होती है, उसका जोड़ प्रकृति में ढूंढना कठिन है। तत्पश्चात शीत लहर पूरे आवरण को अपने आगोश में समा लेती है। दीवानों के लिए तो बारिश की महिमा 'मेघदूत' में स्वयं कालिदास गाकर गए है। इसका एक तिलस्मी प्रभाव उन दीवानों पर देखा जा सकता है। अल्हड़ उमर के नौजवानों के लिए कड़कड़ाती बिजली और घनघोर वर्षा में प्रियतमा के घर के पास उसकी गली में फेरे लगाना, इससे पवित्र तप और क्या होंगा।

ख़ैर, विक्रम अब इन सब पचड़ों से दूर रहता है। प्रयाग से जाते वक्त उसने निश्चय कर लिया था कि शहर में खूब लगन से मेहनत और पढ़ाई - लिखाई करेगा और उन सबको गलत साबित कर देगा जिन्हें उसकी योग्यता पर कोई शक है। वह अपना रास्ता स्वयं बनाना चाहता है। वह नसीब में मानता है पर यह भी जानता है कि मेहनत का कोई तोड़ नहीं है। वह पिछली बारिश में नहीं भीगा, इस बार भी नहीं भीगा परंतु इस बेमौसम बरसात ने उसके सीने में एक हलचल पैदा कर दी है। वह इस बार खुश भी है और रोमांचित भी। अपनी इस दशा का अभिप्राय जानने में तो वह स्वयं भी असफल है परंतु एक बात है, उसके मन में किसी का ख्याल है। श्रुति आज बादलों की गर्जन सुनकर और ठंडी हवा के स्पर्श से जल्दी उठ गई है। कुछ देर में उसने सोचा की बैठे - बैठे क्या

करूं, उसकी सभी संगिनी तो निद्रा में लिप्त है तो उसने पास ही के पार्क में जाने का निश्चय किया। बारिश होने की आशंका से उसने एक छतरी भी साथ ली। हालांकि उसे बारिश में भीगना पसंद है परंतु तबियत खराब होने से घबराती है। नए शहर में अगर हाल बिगड़ा तो कोई खैर पूछने वाला भी नहीं है। मां दूर ही बैठी परेशान होती रहेगी और इसे भी परेशान करती रहेगी, दवा का सारा दारोमदार तो खुद पर ही आएगा। वह अपना फ़ोन और छतरी लेकर पार्क की ओर चल दी। विक्रम वहां पहले से ही मौजूद था और एक बेंच पर बैठा था। उसने दूर से आती लड़की को देखकर पहचाना कि यह तो श्रुति ही है। उसने सिर नीचे कर लिया और श्रुति सैर करती रही। वह फ़ोन चलने लगा और व्हाट्सएप पर देखा कि श्रुति ऑनलाइन है।

उसका नंबर वह कुछ दिनों पहले ही मेस में उससे बात करते वक्त मांग चुका है और श्रुति ने भी कोई आपत्ति न करते हुए दे दिया था।

"तुम्हारा कॉलेज कैसा चल रहा है?" - विक्रम ने श्रुति से बात शुरू करते हुए पूछा था।

"अच्छा चल रहा है, और तुम्हारा?"

"मेरा भी ठीक है।"

"सही बताओ।"

"वैसे ठीक है, बस अभी कॉलेज में इतने जान - पहचान के लोग नहीं हैं ना।"

"अरे, क्यूं! मैं हूं ना।"

"अच्छा, एक काम करो..."

"हां।"

"...तुम मुझे अपना नंबर दे दो ताकि कॉलेज में कोई काम हो तो तुमसे पूछ सकू।"

"हां, हां, लिखो; 9354956...."

"थैंक्स, आई विल गिव यू ए मिस्ड कॉल।"

"श्योर, एंड लेट्स बी फ्रेंड्स ओन इंस्टा।"

"हूं जरूर।"

श्रुति जब पार्क से जाने लगी तो विक्रम भी नैसर्गिक रूप से वहां से निकलने लगा और श्रुति को देखकर चौंकने का दिखावा करते हुए बोला -

"श्रुति! तुम यहां कब से थी?"

"काफी देर से, मैंने तुम्हें देखा भी पर मुझे लगा तुम फ़ोन में बिजी थे तो डिस्टर्ब नहीं किया।"

"ओह! नहीं, मैं तो वैसे ही बस फ़ोन चला रहा था।"

"माई बैड।" (दोनों मुस्कुराए।)

"आज कॉलेज कब तक जाओगी?"

"नहीं, आज मैं कॉलेज नहीं जाऊंगी, आज मुझे कपड़े धोने है।"

"ओह, चलो एंजॉय।" (दोनों हंसने लगे और बातें करते - करते पी. जी. पहुंच गए।)

"चलो, बाद में मिलते हैं; बाय।"

"हां, बाय।"

विक्रम कॉलेज गया तो पर उसका मन तब ही से वापिस पी. जी. जाने को कर रहा था। वह आखिरी क्लास निपटते ही दोस्तों के साथ कैंटीन नहीं गया बल्कि खाने के समय तक मेस में पहुंचने के लिए जल्दी निकल पड़ा। पी. जी. पहुंचकर उसने पाया कि अभी खाना नहीं लगा है और कोई भी नहीं आया है। वह ऊपर अपने कमरे में जाने लगा कि रास्ते में श्रुति और उसकी सहेलियां मिली। उनके हाथों में कपड़ों की बालटियां है। वे सब छत की ओर जा रही है। विक्रम ने इशारा करके श्रुति और उसके साथ वाली लड़की राधिका के हाथ से बालटी ले ली और उनके साथ - साथ चलने लगा। लड़कियों ने स्वाभाविक तौर पर मना किया पर उसके ज्यादा कहने पर उसे मदद करने दी। सभी छत पर पहुंचे और वह उनकी कपड़े सुखाने में मदद करने लगा। कभी सुखाते - सुखाते उनके अंतर्वस्त्र उसके आगे आते तो वह हाथ पीछे खींच लेता। श्रुति भी इस पर गौर कर रही है। कपड़े सुखाकर वे सभी नीचे आए और हाथ - मुंह धोकर मेस में पहुंचें। सौरव और महताब अभी कॉलेज से लौटे नहीं है तो विक्रम मौका समझकर श्रुति और राधिका के साथ ही बैठ गया।

"तुम भी हंसराज में ही हो?" - राधिका ने पूछा।

"हां, और तुम?"

"हम श्रुति की क्लास में ही है।"

"अच्छा है।"

"और कॉलेज कैसा चल रहा है?"

"ठीक चल रहा है।"

"हूं"

विक्रम ने खाना खाकर श्रुति से शाम को पार्क में घूमने चलने का पूछा। उसने हामी भर दी और 5 बजे का प्रोग्राम तय हुआ। इतने में सौरव और महताब भी मेस में पहुंचे। श्रुति राधिका के साथ जा चुकी है।

"क्यूं भई, शाह रुख खान!" - सौरव ने छेड़ा।

"हंसराज का खूब नाम रोशन कर रहे हो।" - महताब ने समर्थन किया।

"भाभी तो सही है यार" - सौरव ने बात बढ़ाई।

"अरे, ऐसा कुछ नहीं है, सिर्फ दोस्त है।" - विक्रम ने बात संभालने की कोशिश की।

"हूं हूं दोस्त है।"

"ठीक है भाई, नहीं बताना तो मत बताओ।"

"अरे यार, ऐसा कुछ नहीं है..."

(विक्रम को आखिरकार हार माननी पड़ी।)

"...अरे बस उसे थोडा पसंद करता हूं।"

"शाबाश लौंडे, ये हुई ना बात।"

तीनों यही बातें करते हुए वापिस कमरे में पहुंचें। विक्रम को शाम के 5 बजने का इंतज़ार है जिसके बारे में उसने इन दोनों में से किसी को नहीं बताया है।

(4)

श्रुति अमेठी के एक मध्यमवर्गीय परिवार की लड़की है। नैन - नक्श सुंदर है और स्कूल के दिनों में दो लड़कों के प्रेम - प्रस्ताव को ठुकरा भी चुकी है। दोनों लड़कें इसके बाद आपस में दोस्त बन गए थे। शायद, श्रुति ही उनके संवाद का प्रमुख विषय थी। श्रुति बोली की अच्छी तो थी ही, अब शहर में रहने से शब्दों को लेकर सजग भी हो गई है। विक्रम ने उसकी मेज के पास चम्मच फेंकने से पहले दूर से उसकी आवाज़ ही सुनी थी जिसके बाद उसे वह पसंद आई थी। श्रुति की आंखें यूं तो और लड़कियों जैसी ही है पर विक्रम उनमें कुछ अलग, कुछ गूढ़, कुछ जादुई देखने की कला में पारंगत है। उसकी चाल में बनावटीपन नहीं है, वह यूं तो शालीनता से चलती पर कई बार मेस में पहुंचने की जल्दी में दौड़ी - दौड़ी भी आती। हां, उसके बाल हमेशा ठीक - ठाक बने रहते, कभी उसे बिखरे बालों में नहीं देखा गया। लड़कियों के लिए 'गुड हेयर डे' और 'बैड हेयर डे' बहुत महत्वपूर्ण होते है। श्रुति को देखकर लगता था कि जैसे उसका 'बैड हेयर डे' कभी नहीं आता। आज शाम 5 बजे उसे विक्रम के साथ पार्क जाना है। छोटे शहर से होने के कारण यह प्रस्ताव उसके लिए इतना सरल नहीं है जितनी आसानी से उसने हां कह दिया था। वह अब मेस

से लौटकर विक्रम के बारे में ही सोच रही है। वह सोच रही है कि शाम को क्या पहने और यह भी कि विक्रम क्या पहन रहा होंगा। सुबह हुई बारिश से वातावरण में नमी बढ़ चुकी है। उसे इस प्रकार पसीने में बाहर जाना शायद अच्छा नहीं लगा होगा। वह दोबारा नहाई और काले रंग का सूट डालकर तैयार हुई। इस सब में कब 5 बज गए, उसे पता ही नहीं चला। नीचे मेस में मिलना तय हुआ था। वह नीचे पहुंची तो देखा कि विक्रम अभी तक नहीं पहुंचा। उसे थोड़ा गुस्सा आया पर वह स्वयं को शांत कर पास ही पड़ी कुर्सी पर बैठ गई। इतने में विक्रम ऊपर से दौड़ा हुआ आ रहा होता है कि सीढ़ियों से श्रुति को देखकर ज़रा रुकता है और ठोस कदमों के साथ आगे बढ़ता है। उसने पजामा - टी शर्ट पहने हुए हैं जो वह वैसे ही सामान्य तौर पर शाम को पहनता है। श्रुति को यह देखकर गुस्सा आ रहा है कि विक्रम ने कुछ खास नहीं पहना पर उसने अभी कुछ नहीं कहा। दोनों ने हाथ मिलाया और चलने लगें।

"तुम छाता भी लाई हो!"

"हां, सुबह से ही बारिश का मौसम बना हुआ है, जरूरत पड़ सकती है।"

"बात तो सही है, मैं भी लाऊं?"

"नहीं नहीं, ये बहुत है।"

"ओह!" (विक्रम मन ही मन में खुश हुआ।)

"वैसे आज तुम कॉलेज से इतना जल्दी कैसे आ गए थे?"

"वो तो वैसे ही, आज क्लास जल्दी खत्म हो गई थी।"

"अच्छा, फिर सौरव और महताब तो नहीं आए!"

"वो दोनों तो रामजस में पढ़ते है, मेरे साथ नहीं है।"

"ओह!"

"हां।"

"तुम्हारे कॉलेज में दोस्त बने?"

"हां, है कुछ।"

"कोई लड़की भी है?"

"एक विधि नाम की लड़की है, उससे मेरी थोड़ी ठीक जमती है।"

"कौन विधि?"

"अरे हैं एक पटियाला की, छोड़ो ना।"

"हां, मैं तो वैसे ही पूछ रही थी।"

"अच्छा, तुम बताओ, तुम्हारे दोस्त बने?"

"हां, कुछ एक बने है।"

"कोई लड़का भी है?" (श्रुति हंसने लगी।)

"तुम मेरी नकल कर रहे हो ना?"

"नहीं।" (विक्रम ने न पर जोर देते हुए स्वर को लंबा करके कहा।)

"हां, वैसे एक है, शंकर।"

"कौन शंकर?"

"है एक बठिंडा का, अब तुम भी छोड़ो।"

"हूं, ठीक है।"

दोनों बातें करते हुए पार्क पहुंच गए। अंदर जाकर दोनों सैर करने लगे। यहां - वहां की बातें चल रही हैं। दोनों के चेहरों पर एक भोली मुस्कान हैं जिसको दोनों ही दबाए हुए हैं। श्रुति उसे अपनी पसंद बता रही है कि उसको बैडमिंटन पसंद है। ऐसे ही विक्रम ने बताया कि वो क्रिकेट खेलता था। विक्रम ने बात आगे बढ़ाने के लिए अमेठी के बारे में पूछा तो श्रुति ने भी कुछ प्रयागराज को लेकर सवाल किए। पढ़ाई की चर्चा हुई। पता चला कि श्रुति को हैरी पॉटर सिरीज़ बहुत पसंद है पर विक्रम ने उसकी एक भी मूवी नहीं देखी।

"तुमने हैरी पॉटर नहीं देखी!"

"नहीं यार, मन तो था पर कभी मौका नहीं लगा।"

श्रुति ने उस पर जोर देकर उसे किसी दिन वो 8 की 8 फिल्में अपने साथ देखने के लिए मना लिया। विक्रम की जैसे मनोकामना ही पूर्ण हुई। दरअसल उसने 8 में से कुछ फ़िल्में थोड़ी बहुत देखी हुई है और उसे पसंद भी है पर उसने जान बूझकर श्रुति के सामने इनकार कर दिया ताकि वो उसके साथ सभी फिल्में देख सके। पार्क में घूमते हुए 7 बज गए कि इतने में बारिश शुरू हो गई और दोनों श्रुति के छाते में नज़दीक आकर खड़े हो गए। विक्रम ने श्रुति के हाथ से छाता ले लिया क्यूंकि वह कद में श्रुति से लंबा है, चलते - चलते उसने साइड भी बदली ताकि श्रुति को सड़क की तरफ न चलना पड़े।

"आइसक्रीम खाने चलोगी?"

"इतनी बारिश और ठंड में!"

"अच्छा फिर, चाय पीने चले?"

"हां।" (श्रुति ने आंखें बड़ी करके कहा।)

चाय की एक तफ़री पर पहुंचने तक बारिश भी धीमी हो गई है। दोनों चाय वाले की लगाई हुई बड़ी छतरी तले बैठें और चाय, पकोड़े का ऑर्डर दिया। ठंड थोड़ी बढ़ चुकी है, दोनों क़रीब होकर बैठें। विक्रम हिम्मत करके श्रुति के कंधे पर हाथ रखने ही वाला है कि इतने में चाय आ गई। दोनों ने एक - एक कप लिया और बीच में पकोड़े रख लिए। श्रुति ने एक इंडिमिंट सिगरेट भी ली। चाय पकोड़े खत्म हुए कि तब तक 8:30 बज गए और बारिश फिर शुरू हो गई। विक्रम ने इस बार खुद ही छतरी खोली और श्रुति के साथ चलने लगा। दोनों अपनी आम रफ्तार से कुछ धीमे होकर चल रहे हैं। आखिर पी. जी. आ गया। मेस में लगभग सभी खाना खाकर जा चुके हैं। जब तक ये दोनों अपने कमरों से मुंह - हाथ धोकर आए तब तक बचे हुए लोग भी चले गए। अब इन दोनों ने खाना लिया और एक मेज पर आमने - सामने बैठ कर खाने लगे। विक्रम कुछ बात करने की चेष्टा करता ही कि इतने में सौरव और महताब ऊपर से नीचे आ गए।

"और भई विक्रम, तू तो आजकल दिखता ही नहीं।"

"अरे नहीं यार, बस पार्क गया था।"

"ओह, और खानो इती लेट किया खा है?"

"क्या?"

"मतलब खाना इतनी लेट कैसे खा रहे हो?" (सौरव ने जान -
बूझकर श्रुति के सामने मजे लेने के लिए पूछा।)

"बस यार आते समय बारिश हो गई थी तो लेट हो गया।"

"अच्छा" (सौरव ने छ पर जोर देते हुए कहा।)

(श्रुति मुस्कुरा रही थी।)

"तुम दोनों कहां जा रहे हो इस वक्त?" (श्रुति ने बात काट कर
पूछा।)

"हम बस यही पास की दुकान पर।"

"ओह, ठीक है जाओ।"

वो दोनों चले गए और विक्रम, श्रुति आराम से बचा हुआ खाना
खाने लगें।

(5)

दिल्ली की मेट्रो संपूर्ण भारत में मशहूर है और सार्वजनिक
परिवहन नियोजन की अच्छी मिसाल है। यहां ऐसा कोई कोना ना
होगा जिसके आस - पास कोई मेट्रो ना हो। यह साधन
वातानुकूलित भी है और इससे समय की बचत भी होती है। यह
मूलतः मध्यम वर्ग का साधन है क्योंकि गरीब इसका खर्च वहन
नहीं करते और अमीर अपने निजी साधनों का प्रयोग करते हैं।
छात्र वर्ग अक्सर इसी का प्रयोग करता है क्योंकि उसके पास

ठीक - ठाक वय करने हेतु पैसे होते है परंतु निजी साधन नहीं होता। विक्रम, सौरव, महताब भी इतने समय से यही प्रयोग कर रहे हैं परंतु अब उनकी जेब पर इसका असर स्पष्ट नज़र आ रहा है। मेट्रो पहले अधिक किफायती थी परंतु जब से सरकार ने रेट बढ़ाए है, यह अच्छा - खासा किराया मांग करने लगी है। हां, अभी भी इसका अधिकतम किराया 60 रुपए ही है जिससे आप दिल्ली के एक कोने से बिलकुल दूसरे छोर तक पहुंच सकते है परंतु छोटी दूरी दैनिक तौर पर पार करने से खर्च का असर पड़ता है। कॉलेज में पता चला कि छात्रों के लिए बस का पास केवल 100 रुपए महीने के हिसाब से किसी भी बस डिपो. पर बन जाएगा। विक्रम अपने कॉलेज एडमिन और सौरव, महताब अपने एडमिन से बस पास के फॉर्म पर स्टाम्प लगवाकर ले आए और आज निश्चय किया की कमला नगर वाले डिपो. से बस पास बनवाकर ले आयेंगे।

"यार विक्रम, तूने कभी डी. टी. सी. में सफर किया है?" - सौरव ने पूछा।

"हां क्यूं, तूने नहीं किया?"

"ना यार और महताब तूने?"

"हम तो डी. टी. सी. में मेट्रो से भी ज्यादा घूमे है।"

"ओह, अच्छा विक्रम, इसमें कोई दिक्कत तो नहीं आती ना?"

"आती है भाई, एक बार सीख लो तो सब ठीक है वरना पहली बार में तुम्हें पता है मेरे साथ क्या हुआ था!"

"क्या?"

"मैं दिल्ली जब नया - नया आया था, पहली बार मैंने सोचा कि कही जाकर आते है, थोड़ा नया शहर देखते है..."

"हूं"

"...तो मैं ये सोचकर अपने वाले बस स्टैंड पर गया और एक ए. सी. वाली बस देखकर बैठ गया कि ये जहां भी जाएगी, वहां चलेंगे।"

"हां, फिर?"

"मैं बस में बैठा ही था कि पीछे से आवाज आई, भईया टिकट! मुझे याद आया कि टिकट तो ली ही नहीं। मैंने जेब खंगाली तो उसमें सिर्फ 500 का नोट था और टिकट थी 10 रुपए की। मैंने कंडक्टर को वो नॉट दिया तो वो देखने लग गया, पूछा कि खुले पैसे नहीं है? मैंने मना किया, उसने कहा कि ये नहीं चलेगा। मैंने कहा भईया, यही आगे तक जाना है पर उसने मुझे टिकट नहीं दी और अगले ही स्टैंड पर उतार दिया।"

"ओह भाई, फिर?"

"फिर मैं पहले ही नए शहर में अकेला, पहली बार दिल्ली देखने निकला था और उसी में ऐसा हो गया। मुझे तो पता ही नहीं था कि मुझे उतार कहा दिया।"

"फिर क्या किया तुमने?" - महताब ने पूछा।

"तब मेरे काम आया गूगल, उसने मुझे पास ही में एक जाने लायक जगह भी बताई और वहां पहुंचने के लिए कौनसी बस लगेगी, वह भी। पर मेरे पास खुले रुपए तो अभी भी नहीं थे तो मैंने पास ही एक दुकान थी, उससे जूस लेकर पिया और उसी से

छूटों का इंतज़ाम भी हुआ। फिर मैंने स्टैंड से बस पकड़ी और टिकट कटवाकर आगे पहुंचा। अब मुझे कही भी जाना होता है तो गूगल मैप्स ही अपना रखवाला होता है।"

"यार वैसे हमें इतनी दिक्कत होती है पर लड़कियों का सही हैं ना!" - सौरव ने बात जोड़ी।

"कैसे?"

"उनके लिए तो सरकार ने डी. टी. सी. मुफ्त कर रखी है ना, कोई टिकट के पैसे नहीं, ना ही कोई बस पास बनवाने के लिए इधर - उधर धक्के खाने की झंझट।"

"हां, पर लड़कियां अभी भी मेट्रो से ही सफ़र करती है।" - महताब ने बात जोड़ी। "कम से कम हमने तो कभी अपनी क्लास की लड़कियों को बस का इंतज़ार करते नहीं देखा। किसी को कही भी जाना हो तो सीधा मेट्रो!"

"हां यार, वो तो है!" - सौरव ने समर्थन किया।

"चलो अब हम तो पास बनवाने चलें।" - विक्रम ने बात का रुख मोड़ते हुए कहा।

तीनों ने कपड़ें पहने और बस डिपो. जाने के लिए निकल गए। डिपो. पर अधिक भीड़ नहीं थी पर उन्हें कुछ समय तो इंतज़ार करना ही पड़ा। सबसे पहले विक्रम पास बनवाने के लिए विंडो पर गया जहां एक 28 - 30 साल का अफ़सर बैठा था।

"हां सर, कितने समय का बनवाएंगे?"

"सर, सबसे अधिक कितने समय का बनेगा?"

"2 महीने का।"

"हूं! पहले तो 5 महीने का बनता था न?"

"हां, बनता था पर अभी वो सिस्टम पीछे से बंद है। अभी इतने ही समय का बन रहा है।"

"अच्छा चलो फिर 2 महीने का बना दो।"

"हां, सामने बैठो।"

"नहीं कोई बात नहीं सर, ठीक है।"

"सर, फ़ोटो लेनी है पास के लिए; बैठो।" (सौरव, महताब हंसने लगे)

विक्रम के बाद महताब और फिर सौरव भी विंडो पर गए। तीनों के पास साइन करने के लिए पर्चा आया और उसके बाद तीनों का पास चकाचक मशीन से निकलकर एकदम गरम उन्हें सौंपा गया। पास बनने की खुशी उन तीनों के चेहरे पर साफ नज़र आ रही है। अब वो दिल्ली में कही भी, कितना भी, ए. सी. या नॉन ए. सी. बस में घूम सकते हैं। अभी रात के खाने में देर है तो उन्होंने सोचा कि कही बस में घूमकर आया जाए। तय हुआ कि हड्सन लेन जाएंगे, इसके लिए उन्होंने 100 नंबर बस पकड़ी और सीधा जाकर सीट पर बैठ गए। अब किसी को पहले कंडक्टर के पास जाने की जरूरत नहीं है। सीधा अपने पास के दम पर कही भी जा सकते हैं। वहां पहुंचकर उन्होंने वहां की सुंदरता का अवलोकन किया। सौरव ने फ़ोन निकाला और जगह - जगह की तस्वीरें लेने लगा। वहां के कैफे खाने के लिए ही नहीं, देखने के लिहाज़ से भी आकर्षक हैं। तीनों एक कैफे में पहुंचे और वहां के

मशहूर कॉफी और मोमोज मंगवाएं। खा - पीकर कुल 450 रुपए का बिल चुकता कर वे बाहर निकलें और सिगरेट फूंकते हुए फिर बस स्टैंड पहुंचें। सड़क की दूसरी तरफ से फिर 100 नंबर बस पकड़ कर वे पी. जी. पहुंचें। मेस में खाना लग चुका था। उन तीनों को अधिक भूक न थी तो सीधा अपने कमरे में गए और कुछ देर बाद खाना खाने आए। अब तक सभी खाना खाकर जा चुके थे, सो इन तीनों ने अपना खाना लिया और जल्दी से निपटाकर वापिस कमरे में चले गए।

(6)

श्रुति, राधिका को कॉलेज जाने के लिए देर हो रही है। आज दोनों देर से उठी हैं और अलार्म किसने बंद किया, इस पर बहस हो रही है। सुबह का अलार्म उतनी ही आसानी से बंद हो जाता है जैसे मक्खन से गरम चाकू निकलता है। ज्ञात ही नहीं पड़ता कब हम अपने वश से बाहर हो गए और कब निद्रा देवता हमारी संपूर्ण दिनचर्या पर भारी पड़ गए। नैना, इनकी तीसरी संगिनी तो अभी तक सो रही है क्योंकि आज हिंदू कॉलेज की बी.कॉम. की कक्षाएं सी. आर. ने स्थगित करवा दी है।

"मुझे सुबह किसी ने उठाया ना, तो देख लेना।" - वह रात को ही कहकर सोई थी।

वह गुड़गांव की है और बोली में हरयाणवीपन साफ दिखता है। नैना का पहले ही ब्रेकअप हो चुका है स्कूल के दिनों में और अब उसने निश्चय किया हुआ है कि इन सब प्यार - व्यार के झमेलों से

दूर रहना है। उसका साथी करण उनकी कक्षा के सबसे सुडोल और सुंदर युवकों में से था। नैना ने खुद ही उसे नौवीं कक्षा में अपना प्रेम - प्रस्ताव फेसबुक पर भेजा था जिसे उसने हाथों - हाथ स्वीकार कर लिया था। दोनों साथ में घूमते - फिरते, शाम को देर तक पार्क में सैर करते। करण अपनी उंगली उसके बदन पर फेरता उसे छेड़ने के लिए।

"मैं तने छोड़ूंगी।" - नैना अक्सर उसे कहती।

"ठीक है फेर, राम - राम।" - करण जवाब देता।

नैना घर पर भी झूठ बोलती कि सहेली के घर थी। जब करण उसे नज़र अंदाज़ करने लगा, तो उसने सोचा कि 10वी की पढ़ाई है, पढ़ने में व्यस्त होता होंगा। कक्षा में हालांकि उसके बगल वाले बैंच पर बैठता पर अब पहले जैसी बात करने में दिलचस्पी नहीं दिखाता। सर्दियों के समय एक शाम उसने करण को पार्क में अपनी कक्षा की सुनैना के साथ देखा, वह उनके पास नहीं गई। देखा कि वे दोनों एकदम चिपके हुए हाथ में हाथ डालकर चल रहे है। अब वो समझी कि करण के बेरुखी भरे रवईए का कारण क्या था। वह अगले दिन स्कूल में करण से किसी दूर के बैंच पर बैठी। करण ने गौर किया पर कोई प्रतिक्रिया नहीं दी। कुछ दिन ऐसा ही चलने के बाद एक दिन जब सुनैना नहीं आई थी, करण गुस्से में नैना के पास गया। उल्टा चोर कोतवाल को डांटे। उस दिन उनकी जमके बहस हुई। नैना तब से इस धोखे से उबर नहीं पाई है। उसने कभी किसी को इस बारे में कुछ नहीं बताया।

"चल हम तो बनारस के है, हमारे वहां इतना खुला माहौल नहीं है सो हमे दिल्ली के हिसाब से ढलने में समय लगेगा पर तुम क्यों किसी लड़के को भाव नहीं देती।" - राधिका उससे कहती।

"हां, मैंने भी स्कूल के समय में कई प्रेम - प्रस्ताव ठुकराए हैं पर अब तो मैं भी तैयार हूं।" - श्रुति भी समर्थन करती।

"रै प्यार - व्यार सब धोखा है, पढलो इब भी मौका है।" नैना इतना ही कहती।

श्रुति और राधिका की पहली कक्षा तो छूट ही चुकी थी, अब उनको चिंता थी कि कही दूसरी भी ना छूट जाए।

"राधिका मैम, जल्दी कीजिए।"

"बस 2 मिनट और दो, ये किताबें डालनी रहती है बस।"

"और ये डिज़ाइनर सैंडल आपके!"

"हां, हां, बस 2 मिनट लगेगी इस सब में।"

"ठीक है, जल्दी कर।"

कॉलेज जल्दी पहुंचने के लिहाज़ से उन्होंने मोबाइल ऐप से एक ऑटो मंगवाई और ऑटो वाले भईया से जल्दी चलाने का कहते हुए कॉलेज पहुंचें। ऑटो वाला भी इस प्रकार के छात्रों का अभ्यस्त था। वह इन्हें बार - बार आश्वासन देता कि मैडम बस आ गया पर उसने एक बार भी ऑटो की चाल तेज नहीं की। कदाचित जरूरत भी नहीं थी, उसने सामान्य चाल में ही उन्हें दूसरी कक्षा से पहले पहुंचा दिया।

"लो मैडम जी, पहुंच गए। आप को देर तो नहीं करवाई ना।"
(उसने पूरे रूआब से कहा।)

"हां भईया, टाइम से पहुंच गए, शुक्रिया।" - राधिका ने उत्तर दिया।

"अरे चल भी अब।" - श्रुति ने उसे कॉलेज के अंदर खींचते हुए कहा।

कक्षा में पहुंचने तक दूसरी कक्षा के अध्यापक आ चुके थे। हालांकि उन्होंने अभी तक पढ़ाना शुरू नहीं किया था, तो वे दोनों चुपचाप जाकर आगे वाली सीट पर बैठ गई। जल्दी पहुंचने पर आप पीछे वाली सीट पर बैठ सकते हो पर देर से आने पर केवल आगे की सीट ही बैठने के लिए बचती है। अपनी क़िताब निकालकर दोनों ने नोट्स बनाए। इसके बाद अगली कक्षा की आज अवकाश थी (जो कि डी. यू. में बहुत आम बात है) तो वे दोनों और उनकी कक्षा के कुछ अन्य मित्र बाहर ग्राउंड में चले गए। ज्यादातर गर्मी और पिछले दिनों आई बारिश के कारण हुई नमी से इन दिनों ग्राउंड में अधिक बच्चें नहीं बैठते थे परंतु आज मौसम अच्छा है। हवा चल रही है और सूरज देवता पर बादलों का आवरण प्रभावी है। श्रुति शंकर के साथ बाकियों से कुछ दूर होकर बैठी। शंकर की ऊंचाई अच्छी है, दिखने में सुंदर है और भाषा - विन्यास भी प्रभावी है। बात ठोस करता है, ना कि हल्की।

"आज पहली क्लास में क्या पढ़ाया सर ने?"

"कुछ ज्यादा नहीं, वो ही जो पिछली क्लास में टॉपिक चल रहा था, उसी को एक्सटेंड किया था। तू तो जानती है ना, वो ज्यादा कुछ नहीं करवाता। बिलकुल कछुए की चाल से सरकता है।"

"हां, हां, बस..." (श्रुति ने हंसते हुए कहा)

"... मैं तो वैसे ही पूछ रही हूं कि नोट्स बना सकूं।"
"नोट्स तो मेरे ले लेना, उसमें क्या हो गया।"

"हां, तेरे से ही लूंगी। अच्छा सुन आज मैं बैडमिंटन लाई हूं, खेलेगा? "

"हां जरूर, निकाल, खेलते हैं।"

श्रुति ने पास ही पड़े बैग से चिड़ी - बल्ले निकाले और वो दोनों खेलने लगे। पहले श्रुति जीत रही थी पर अंत आने तक शंकर ने खेल का रुख पूरी तरह पलट दिया और अब वो जीत रहा था। इतने में जोर की हवा चल पड़ी, ऐसा लगा कि बारिश आएगी और उन्हें खेल यही रोकना पड़ा।

"आज तो बच गई तू।"

"हां, कोई बात नहीं, जो कहना है कह ले, अगली बार दिखाऊंगी।"

दोनों की बातें चल ही रही थी कि इतने में राधिका अचानक से आई।

"श्रुति, वापिस चले?"

"कहां?"

"पी. जी., और कहां!"

"अभी! अगली क्लास नहीं लगानी?"

"आज बता रहे है कि मौसम खराब होने की वजह से वो मैडम नहीं आयेगी तो अगली क्लास कैंसल।"

"अच्छा, चल फिर, चलते है।"

"हां।"

मौसम अच्छा है तो दोनों पैदल ही वापिस पी. जी. के लिए निकली। रास्ते में कॉलेज के कुछ और साथी अक्सर मिल ही जाते हैं जिससे इन्हें साथ हो जाता है।

जहां श्रुति आज कॉलेज देर से गई, वही सुबह से विक्रम ने पी. जी. के गेट पर कम से कम आधा घंटा इंतज़ार किया कि श्रुति गुजरे तो वह भी उसके साथ ही कॉलेज जाए पर आज वह आई ही नहीं। उसने सोचा कि शायद आज वो कॉलेज न जाने वाली हो और वह अकेला कॉलेज के लिए निकल पड़ा। रास्ते में श्रुति से क्या बातचीत होंगी, आगे से साथ ही चलने की योजना बना लेंगे; विक्रम यह सब इंतज़ार करते - करते सोच चुका था। पर श्रुति के न आने पर अब तो उसके ख्याल भी उसके और श्रुति को देने वाला वक्त भी उसका, सो वो चुपचाप कॉलेज की और बढ़ रहा है। कॉलेज में आज उसकी पहली तीन कक्षाएं ही है, बाद की दो का आज पूर्व - निश्चित अवकाश है। विक्रम और विधि ने आज कॉलेज के बाद सफदरजंग के मकबरे घूमने जाने की योजना बनाई। विक्रम तो वहां पहले भी जा चुका है तो उसको सब चीज का पता है पर विधि पहली बार जाने वाली है। हालांकि विधि को घूमने का बहुत शौक है, पर वह पटियाला से बाहर बहुत कम घूमी है। परिवार के साथ कई बार अमृतसर जा चुकी है गुरुद्वारे श्री हरमंदिर साहिब में माथा टेकने। दिल्ली में अभी तक बस एक बार हड्सन लेन ही गई है। आज चूंकि मौसम भी अच्छा है, वह सफदरजंग जाने के लिए बहुत उत्सुक है। कॉलेज से ऑटो पकड़कर वे दोनों पुल बंगश मेट्रो स्टेशन पहुंचे। विधि ने ज़ोर बाग तक का टोकन लिया और विक्रम ने जेब से अपना मेट्रो कार्ड

निकाला और वही प्रवेश करने वाली मशीन पर टच करके आगे बढ़ गया।

"ये कौनसा कार्ड है?" (विधि ने पहली बार मेट्रो कार्ड देखा था।)

"ये मेट्रो कार्ड है, इसमें बस फ़ोन से रिचार्ज करवाओ और फिर बार - बार लाइन में लगकर टोकन नहीं लेना पड़ता।"

"अच्छा, कहां से बनता है?"

"ये सामने भईया बना देंगे।" (उसने कस्टमर केयर केबिन की तरफ आंखों से इशारा करते हुए कहा।)

"मैं भी लेकर आती हूं फ़िर।"

"हां, ले आ।"

मेट्रो कार्ड पाकर दोनों ने कश्मीरी गेट के लिए मेट्रो पकड़ी और कश्मीरी गेट से ज़ोर बाग स्टेशन जाने के लिए यैलो लाइन की मेट्रो पर जाने लगे।

"यही तो आई. एस. बी. टी. के पास वाला मेट्रो स्टेशन है, जब मैं पटियाला से बस में दिल्ली आई थी, तब उसने यही उतारा था।"

"हां, बहुत लोग बस में यही आते हैं।"

"यार, कितना बड़ा स्टेशन है ना!"

"हूं, मैं भी अभी ऐसा ही सोच रहा था।" (उसने हंसते हुए कहा।)

यैलो लाइन के प्लेटफॉर्म पर पहुंचकर उन्होंने ज़ोर बाग के लिए मेट्रो ली और लगभग 15 मिनट में ज़ोर बाग पहुंच गए। वहां से

निकलकर विक्रम ने गूगल मैप्स निकाला और उसमें देखते हुए वो दोनों सफदरजंग के मकबरे पहुंचें। बाहर से देखने पर ही इसकी भव्यता आंखों में असर कर रही है, खासकर किसी ऐसे व्यक्ति के लिए जिसने इस प्रकार का मक़बरा पहले न देखा हो। यह सफदरजंग का मकबरा अपने प्रकार का मुग़ल काल में बना आखिरी मकबरा है। उस समय मुगलों के पतन का दौर था जिसका अंदाज़ा इस बात से लगाया जा सकता है कि इसके निर्माण हेतु कुछ हिस्से खान - ए - खाना रहीम के मकबरे से निकलवाए गए थे। गौरतलब यह भी है कि इसके केंद्रीय मुख्य ढ़ांचे के पत्थरों में समानता नहीं है, आकार भी बहुत अलग है और रंग भी। टिकट काउंटर पर जाकर विक्रम ने 50 रुपए की 2 टिकट ली और गार्ड को दिखाकर वे दोनों अंदर गए। आसमान बादलों से छाया हुआ और नीचे मक़बरा, उसके सामने चलते फव्वारें और चार बाग; मुगलों ने यह जगह जन्नत की तर्ज़ पर बनाई थी जो सोच अभी तक सही मालूम पड़ती है। विधि ने विक्रम का हाथ पकड़ा और वो दोनों पानी के साथ बने रास्ते पर चलने लगें।

"कित्त्रा सोहना है ना!" (विधि ने आंखों में चमक और चेहरे पर मुस्कान के साथ कहा।)

"हां, बहुत सुंदर है, ये फव्वारें भी कितने अच्छे लग रहे हैं। "

"हूं, वो आ गई सीढियां, चल उप्पर चलें।"

"हां, चलते हैं।"

वो दोनों सीढ़ियों से ऊपर गए और कुछ देर रेलिंग से खड़े होकर बाहर के प्रवेश द्वार की ओर निहारते रहें।

"मैडम, ज्यादा पास मत खड़ी होइए, ये टूट सकता है।" - एक सुरक्षा कर्मी ने उन्हें टोका।

"जी, हटते हैं।" - विधि ने जवाब दिया।

वो दोनों वहां से हटकर घूमने लगें, मकबरे के चारों ओर घूमने के बाद उन्होंने प्रवेश किया मुख्य इमारत में जहां सफदरजंग की कब्र से ठीक ऊपर यह मकबरा बनाया गया था। यहां पर सब घूमने के बाद वे पीछे की सीढ़ियों से नीचे उतरें और इस पूरे कॉम्प्लेक्स का भ्रमण करते हुए वापिस प्रवेश द्वार की ओर आ गए। इस तरफ उन्हें बाई ओर में सीढियां दिखाई दी जिन्हें देखकर यह साफ पता चल रहा है कि इनके ऊपर जाना प्रतिबंधित होगा।

"ऊपर चले?" - विधि ने विक्रम से कहा।

"हां, चलते है।"

"धीरे से जाना होगा, कोई देखे ना।"

"हां, तू चल पहले, मैं पीछे से ध्यान रखता हूं।"

आखिर चोरी - छुपे दोनों सीढ़ियों के ऊपर पहुंचे और वहां से साथ ही में बने मस्जिद को देखने लगें। इसके ऊपर एक और सीढियां भी थी, योजना बनी कि वहां भी जाया जाएं। दोनों और ऊपर गए और वहां से सामने बने सफदरजंग के मकबरे को देखने लगें। यहां से उसका एक अलग ही भव्य रूप नज़र आ रहा है। उन्होंने जल्दी से वहां खड़े होकर एक सेल्फी ली और चुपके से नीचे आए। शाम को ढलने में अभी वक्त है पर उन दोनों को ही घर जल्दी पहुंचना है। विक्रम को श्रुति से बात करने के लिए मेस

के टाईम से पहले पहुंच कर मुंह - हाथ धोना है और विधि को जाकर पढ़ाई करनी है। फिर वे दोनों वापिस ज़ोर बाग मेट्रो स्टेशन से पुल बंगश पहुंचे, वहां से विक्रम पहले विधि को छोड़ने उसके पी. जी. तक गया।

"आज मजा आया, अगली बार ऐसी किसी जगह और दोस्तों को भी लेकर चलेंगे।" - विक्रम ने कहा।

"हां, अगली बार और दोस्तों को भी लेकर प्लैन बनाएंगे।"

विधि को छोड़कर वह अपने पी. जी. लौटा। अभी खाना लगने में टाईम है तो वह अपने कमरे में आराम करने गया। सौरव और महताब वहां पहले से मौजूद है।

"हां भाई, तुम तो ईद का चांद हो रहे हो।" - सौरव ने कहा।

"क्या यार तुम! आज मैं सफदरजंग टॉम्ब गया था अपनी क्लास की विधि के साथ।"

"सही है लौंडे, क्लास में विधि, पी. जी. में श्रुति, मजे ही मजे।"

"अरे नहीं यार, विधि तो सिर्फ दोस्त है।"

"और श्रुति?"

"वो मुझे थोड़ी पसंद है।" (उसने हल्का शरमाते हुए कहा।)

"हूं, देख रहा है विनोद।" - महताब ने सौरव से कहा।

"हां भाई, सब समझ रहा हूं।" - सौरव ने भी समर्थन किया।

तीनों बातें करते हुए कुछ देर में नीचे मेस में पहुंचे जहां श्रुति, राधिका और नैना के साथ पहले से मौजूद है। विक्रम श्रुति के साथ वाली मेज पर उसके बगल वाली कुर्सी पर बैठा।

"आज तू कॉलेज नहीं गई थी?"

"नहीं! गई तो थी।"

"कब? सुबह न तो मैंने तुम्हें निकलते देखा और न ही कॉलेज से वापिस आते समय कभी।"

"वो आज हमें जाने में थोड़ी देर हो गई थी और फिर मौसम खराब होने की वजह से मैम ने छुट्टी कर दी थी तो फिर वापिस भी जल्दी आ गए। तू वैसे आज कहां था?"

"मैं आज सफदरजंग गया था टॉम्ब देखने।"

"ओह, किसके साथ?"

"विधि के साथ।"

"ओह अच्छा, यू सीम क्वाइट नाइस फ्रेंड्स!"

"हूं, बस दोस्त है।"

श्रुति अपना खाना निपटाकर कमरे में चली गई। विक्रम, सौरव और महताब खाना खाकर कुछ देर पास के पार्क में टहलने चले गए। ये तीनों अक्सर खाने के बाद टहलने निकलते। इस से खाने के बाद सीधे कमरे में आकर बैठना भी नहीं पड़ता और थोड़ा - घूमने फिरने से मन भी अच्छा रहता।

(7)

श्रुति, राधिका और नैना ने आज रविवार की छुट्टी में घूमने जाने की योजना बनाई है। तय हुआ कि सुबह - सुबह निकलेंगे और पूरा दिन घूमेंगे। आज मौसम भी ठीक है और दिल्ली में आए हुए काफी समय हो चुका है पर अभी तक ये तीनों एक साथ कहीं घूमने नहीं गई थी। सुबह 5 बजे का अलार्म लगाया पर उसकी वही दशा हुई जो आमतौर पर अलार्म की होती है। उसने बज - बजकर दम तोड़ दिया पर मजाल है कि किसी के कान पर जूं भी रेंग जाए। एक नहीं, तीनों लड़कियों के मिलाकर कुल पांच अलार्म थे और कैसे पांचों को ही निस्तनाबूत कर दिया गया, आलस्य की यह शक्ति समस्त इंद्रियों में अपना लोहा मनवाती होगी। खैर, 7 बज चुके थे जब श्रुति की आंख खुली और उसकी सखियों को उठाते - उठाते 8 कब बज गए, पता ही नहीं चला। राधिका और नैना उठते ही देरी होने का नगाड़ा पीटने लगी। श्रुति ने उन्हें संभाला और जाकर मेस से नाश्ता लाकर रूम में ही रख लिया कि बाद में खत्म ना हो जाए।

तीनों तैयार होकर नाश्ता करके 11 बजे तक लाल किला मेट्रो स्टेशन, चांदनी चौक पहुंची। कहा जाता है कि अगर किसी को असली दिल्ली देखनी है तो उसे चांदनी चौक देखना चाहिए। सड़क के बीच में बने बंटवारे से पहले एक कनाल निकलती थी जो यमुना का पानी बादशाही के लिए लाल क़िले में पहुंचाती थी। रात में उस कनाल में चांद की चांदनी पड़ने से पूरा इलाका चौंधिया जाता था और इसी लिए इसका नाम चांदनी चौक पड़ा। इस इलाके को पुरानी दिल्ली भी कहते है और दिल्ली के सैकड़ों वर्षों के इतिहास को सम्पूर्णतः समेटने में इस से ज्यादा सक्षम शायद कुछ नहीं है। लोगों से लेकर इमारतों और खाने तक, हर

चीज एक कहानी बयां करती है। (कुछ हसीन और कुछ खूनी कहानियां।)

स्टेशन से निकलते ही सामने प्रसिद्ध गौरी - शंकर मंदिर दिखा (महाशिवरात्री के दिन यहां से लेकर गुरुद्वारे शीश गंज साहिब तक दर्शनार्थियों की लंबी क़तार लगती है) और बाई ओर मुड़ते ही था सैकड़ों सालों से भारतीय शासन का प्रतीक, लाल क़िला। तीनों लड़कियां सड़क पार करने लगी पर कुछ दूर बढ़ते ही एक गाड़ी रफ्तार में आ जाती और इन्हें फिर पीछे हटना पड़ता। कुछ देर यही हुआ कि श्रुति ने कुछ अन्य लोगों को सड़क पार करते देखा। ये तीनों भी जल्दी से उन्हीं के साथ हो गई और सड़क पार कर गई। तीनों जब लाल क़िले के अंदर जाने लगी तो सुरक्षा कर्मियों ने रोका। कहा गया कि उस दिन किसी कारणवश वहा से प्रवेश मना है और उन्हें लगभग 800 मीटर दूर चलकर लाल किले के बाएं प्रवेश द्वार से अंदर जाना पड़ा। अंदर जाकर देखा कि मुख्य किले में प्रवेश हेतु टिकट काउंटर की पंक्ति बहुत लंबी है पर उन तीनों ने वही लगा एक क्यू आर कोड स्कैन करके ऑनलाइन टिकट निकलवा ली और जल्दी से अंदर चली गई। यहां से निकलकर प्रवेश हुआ परांठे वाली गली में।

"यहां के परांठे बहुत फेमस है।" - नैना ने कहा।

"हां, ये खाते है फिर नटराज पर चलेंगे।" - राधिका ने कहा।

"चलो फिर।" - श्रुति ने कहा।

तीनों एक दुकान के पास रुकती हैं। परांठे वाली गली ऐसी बिलकुल नहीं है जैसी उन में से किसी ने भी कल्पना की हो। इतनी मशहूर गली और इतनी गंदगी से भरी हुई! भिड़ी गली और

सिर्फ परांठे नहीं, यहां तो पूरा बाज़ार है। उन्होंने 120 रुपए का एक परांठा लिया और तीनों ने उस ही में से स्वाद चखा। परांठा खाने में ठीक है, तला हुआ है, आमतौर पर जैसा पकाते है उससे अलग। फिर तीनों पहुंची नटराज के दही - भल्ले खाने और परांठे की हालत देखकर यह जगह उन्हें तकरीबन सही लगी।

अब तक सुबह के बादल छंट चुके है और सूरज अपने पूर्ण आक्रोश के साथ धरती और इन तीनों लड़कियों के सिर पर विराजमान है। गर्मी से निजात पाकर कुछ देर आराम करने के इरादे से ये पहुंची गुरुद्वारा श्री शीश गंज साहिब में। यह गुरुद्वारा उसी स्थान पर बनाया गया है जहां मुगल बादशाह औरंगजेब ने एक जन हुजूम के सामने नौवें सिख गुरु, गुरु तेग बहादुर का शीश कटवाया था जब उन्होंने औरंगजेब के तमाम पैतरों के बावजूद इस्लाम में परिवर्तन करने से इनकार कर दिया। तीनों लड़कियों ने पहले गुरुद्वारे में मत्था टेककर वही कुछ देर आराम किया, गुरबाणी सुनी और फिर लंगर खाने गई। लंगर में उन्होंने दाल चावल खाया और हाथ धोकर अपना सर का कपड़ा वहां वापिस रखकर बाहर आई। अब 4 से ऊपर समय हो गया है और गर्मी भी कुछ कम हो चुकी है। तय हुआ कि यहां से जामा मस्जिद जाए।

"पैदल चलते हैं।" - श्रुति ने सुझाव दिया।

"इतनी दूर पैदल, हम नहीं चल पाएंगे।" (राधिका ने नैना के कंधे पर हाथ रखते हुए कहा।)

"अरे चल ना, ऐसे मर रही है क्या।" - नैना ने भी चलने का समर्थन किया।

"राधिका चल ना, 1.5 किलोमीटर ही है।" - श्रुति ने कहा।

"अच्छा चलो।" (राधिका ने नैना के कुछ बोलने से पहले जल्दी से हां कर दिया।)

तीनों चलते हुए जामा मस्जिद के द्वार तक पहुंची। जामा मस्जिद तो तस्वीरों जैसा ही है पर उसके नीचे की विशाल सीढ़ियों का जो स्वरूप उनके सामने है, वह आमतौर पर तस्वीरों में नज़र नहीं आती। 10 रुपए प्रति जोड़ी की रखवाली के हिसाब से उन्होंने बाहर बैठे लोगों को अपने जुत्ते संभलाए। अंदर जाकर देखा तो केवल मस्जिद का विशाल प्रांगण, ऊपर खुला आसमान और सामने वह स्थान जहां नमाज पढ़ी जाती है। इसके अलावा ऐसा कुछ खास नहीं जैसा वो अपेक्षा कर रही थी।

"यार, यहां तो सभी जूते हाथ में अंदर ही लेकर आए है।" - श्रुति ने हैरानी जताई।

"हां, आपा ही बावले हैं।" - नैना ने कहा।

उन्होंने देखा कि सब लोग जूते हाथ में लेकर आए हैं। खैर, कुछ देर अंदर घूमकर वे वही एक जगह पर बैठी और कुछ देर बातें की। शाम के 6 बजने वाले है और रात के खाने के समय से पहले ही पी. जी. पहुंचना होगा, सो वो तीनों उठी और मीना बाज़ार वाले रास्ते से बाहर निकली। मीना बाज़ार में उन्होंने कुछ देर चक्कर लगाया पर कुछ लेने लायक समझ में नहीं आया। फिर वो तीनों कुछ खाने - पीने का देखने लगी।

"यहां का मोहब्बत वाला शरबत फेमस है।" - नैना ने बताया।

"तेरा मोहब्बत से क्या काम।" - श्रुति ने छेड़ा।

"रै बकवास ना कर।"

"अच्छा अच्छा चलो शरबत पीने।" (श्रुति ने हंसते हुए कहा।)

"हां, चलो।"

तीनों पहुंची साथ वाली गली में जहां उन्होंने पहले शाही टुकड़ा खाया और उसके बाद मोहब्बत का शरबत पिया। हालांकि 30 रुपए का वो गिलास उन्हें महंगा लगा पर रोज - रोज न आने और उसके मशहूर होने के कारण उन्होंने वह लिया जो कि ज्यादातर मशहूर चीजों की तरह अपने नाम पर खरा नहीं उतरा। खा - पीकर अब तीनों अच्छे मूड में है पर पी. जी. तो जाना ही है।

"चल राधिका, क्लब चलते है।" (नैना ने राधिका को छेड़ा।)

"अब इस हालत में नहीं जा सकते।" (उसने बचाव किया।)

"पी. जी. ही चलो ना।" - श्रुति ने कहा। "या सुनो, एक काम करते है। यहा पास में ओरिजिनल मोती महल रेस्टोरेंट है, आज डिनर के लिए वहा चलते हैं।"

"वो फेमस है क्या?" - राधिका ने पूछा।

"अरे बहुत फेमस है। मैने सुना है कि दाल मखनी और बटर चिकन वही पर इन्वेंट हुए है।"

"के बात कर रही है, सच में! चलो आज वही चले फिर डिनर के लिए।" - नैना ने यह कहकर बात को निश्चित किया।

(8)

राधिका बनारस से आने वाली एक सामान्य - सी लड़की है। उसे दिल्ली के रंग - रूप में ढलने में बहुत समय लगेगा। उसकी मम्मी बहुत समय से बीमार चल रही थी जिसके कारण उसे सामान्यतः गंभीर रहने की आदत हो गई थी। आज सुबह 6 बजे के करीब उसका फ़ोन बजता है, उसके चाचा बोल रहे है। वह खबर सुनते ही दंग रह गई और फ़ोन छूटते न छूटते रोने लगी। उसकी मम्मी का सुबह - सुबह अस्पताल में निधन हो गया। सुबह अचानक उनकी तबियत बहुत बिगड़ी जिसके बाद उन्हें बिना देरी किए अस्पताल ले जाया गया परंतु वहा पहुंचते ही कुछ देर में उन्होंने अपनी आख़िरी सांस ली। आख़िरी वक्त में राधिका के पापा और दादी उनके साथ थे। फ़ोन पर उसके दोनों छोटे भाई, केशव और मुरली भी पीछे से रो रहे हैं। केशव अभी 8वी कक्षा में ही है, स्वभाव से चंचल है, अपनी मम्मी का सबसे लाडला भी वही था, उसके ऊपर यह सदमा बहुत बुरी तरह गुजरेगा। मुरली 12वी कक्षा में है, काफी समझदार, उसके लिए तो रोना भी दुस्साध है क्योंकि केशव को भी उस ही को संभालना है।

राधिका की सिसकने की आवाज़ सुन श्रुति और नैना भी जाग गए।

"अरे क्या हुआ राधिका?" (श्रुति ने उसे संभालते हुए पूछा।)

"अरे चुप होजा, क्या हुआ?" (नैना ने भी उसे संभाला।)

"हमारी मम्मी!"

इतना कहते ही राधिका फिर रोने लगी। श्रुति और नैना उसकी मम्मी की गंभीर हालत से वाकिफ थी, वे दोनों समझ गई कि क्या

हुआ है। श्रुति ने उसको कसके पकड़ लिया और उसे चुप कराने लगी कि इतने में नैना एक गिलास में पानी लेकर आई और उसे दिया। राधिका ने धीरे - धीरे थोड़ा पानी पिया तब उसका रोना कुछ कम हुआ। उसे तुरंत बनारस के लिए निकलना है, ऐसा वह कहने लगी। श्रुति और नैना ने उसे बिलकुल चिंता करने से मना किया और उसका सामान बंधवा दिया। उधर से उसके चाचा ने दोपहर के प्लेन की टिकट करवाकर उसे भेज दी। श्रुति और नैना ने उसे जिद करके दोपहर का भोजन करवाया और उसे कैब में एयरपोर्ट तक छोड़ने गई।

वहां से राधिका लगभग 2 घंटे में बनारस और फिर अपने भाई मुरली (जो उसे लेने के लिए पहले से एयरपोर्ट के बाहर इंतज़ार कर रहा था) के साथ घर पहुंच गई। घर पर मातम का माहौल है, राधिका की मम्मी का दाह संस्कार हो चुका है, सभी नाते - रिश्तेदार आए हुए है। राधिका जिसने अभी तक रास्ते में खुद को संभाला हुआ था, घर पहुंचते ही दोबारा फूट पड़ी। मुरली भी उसे देखकर रोने लगा। इतने में उनके पापा ने आकर उन दोनों को संभाला और राधिका को उसकी मौसी के पास कमरे में भेज दिया। मुरली को वही आने वाले लोगों के बीच रहना पड़ा। कहा जाता है कि बनारस में मृत्यु होने से स्वर्ग की प्राप्ति होती है, इसी प्रथा के विरुद्ध संत कबीर अपने जीवन के अंतिम समय में मगहर चले गए, परंतु स्वर्ग मिले या ना मिले, किसी प्रियजन की मृत्यु से लगने वाला शौक तो बनारस में भी कम नहीं हो सकता है। यह राधिका का किसी करीबी की मृत्यु से पहला साक्षात्कार है, कैसे मौत के आगे जीवन क्षणिक प्रतीत होता है उसने आज जाना। अब उसकी मम्मी कभी लौटकर नहीं आने वाली, यही एक ख्याल बार - बार उसकी सांस गले में अटका देता। केशव भी उसके पास

बैठा है, बीच में 1 - 2 बार उनके पापा उसे बुलाने आए कि रिश्तेदारों को वह भी विदा करे पर वह नहीं गया।

शाम को सभी के लिए कुल्हड़ वाली चाय आई, सभी दूर के रिश्तेदार रवाना हुए और फिर राधिका अपने भाइयों के साथ अस्सी घाट पर टहलने के लिए गई। वैसे वे तीनों कई बार अपनी मम्मी के मना करने के बावजूद मणिकर्णिका घाट के पास भी चले जाते थे पर आज किसी को इसका ख्याल तक नहीं आया। अस्सी घाट बनारस में 'लवर्स प्वाइंट' के तौर पर मशहूर है, आज भी वहां कई प्रेमी जोड़े मौजूद हैं। राधिका और उसके भाई गंगा के पास नहीं गए, बस दूर से ही घूमकर वापिस आ गए। राधिका उनसे कहने लगी कि वह वापिस दिल्ली नहीं जाएगी, कि उसको इस समय यही उसकी मम्मी के पास होना चाहिए था और ये सब कहते हुए ही वह रोने लगी। उसको देखकर केशव भी रोने लगा और मुरली ने फिर दोनों को संभाला। उन्हें रास्ते में पंडित तिवारी मिले, "मृत्यु परम सतः" ऐसा कहते हुए पंडित जी चले गए। पंडित तिवारी हिंदी और संस्कृत के विद्वान है, वेद - पुराणों का गहन अध्ययन किया हुआ है। बनारस में ऐसे पंडितों की कोई कमी नहीं है, यहां हर दूसरी गली में मंदिर और हर चौथी गली में ऐसे विद्वान मिल सकते हैं। इन्हीं कारणों से इसे भारत की सांस्कृतिक राजधानी भी कहा जाता है। रात को सभी करीबी रिश्तेदारों की आंगन और कमरों में सोने की व्यवस्था हुई, सबने भोजन किया और अगली सुबह बचे हुए रिश्तेदारों में से भी अधिकतर रवाना हुए। एक दिन और पूर्ण शौक में बीता, किसी से कुछ खाया भी नहीं जा रहा था।

अगली सुबह उनके पापा ने उन्हें जल्दी उठा दिया और चारों जन रास्ते में गंगा आरती को प्रणाम करते हुए गंगा घाट मंदिर पहुंचे।

इस मंदिर की बनावट देखकर बनारस के कुछ पढ़े - लिखे लोग इसकी 'लीनिंग टावर ऑफ पिसा' से भी तुलना करते है। मंदिर में दर्शन करके वे लौटते समय सब्जी और राशन भी लेकर गए। रसोइए पहले से बैठा दिए जा चुके है, अब बारह दिन तक सबका भोजन यही बनना है। बारहे के दिन सभी नाते - रिश्तेदार, गली - पड़ोस और शहर के सभी जानकार आए। अगले दिन राधिका को वापिस जाना है। उसका मन तो नहीं है मगर उसके पापा ने साफ दबाव के साथ उसे वापिस जाने और मन लगाकर पढ़ाई करने को कहा है। सुबह - सुबह राम भंडार की कचौड़ी - सब्जी और जलेबी मंगाई गई और फिर राधिका अपने भाइयों के साथ हाल ही में बने खिड़कियां घाट पर घूमने गई। तकनीकी के प्रयोग से लैस ये घाट शिव जी के बनारस को आधुनिकता और सांस्कृतिक परिवेश के अतियोत्तम समागम के रूप में प्रस्तुत कर रहा है।

वंदे भारत ट्रेन से राधिका वापिस दिल्ली पहुंची। पी. जी. में पहले से श्रुति और नैना उसकी राह देख रहे है। वह भी उन्हें देखकर बहुत खुश हुई। उसे अचानक ऐसा प्रतीत हुआ कि इस अंजान शहर में यही दोनों उसकी अपनी है, इस एक ख्याल से उसकी आंखें छलक पड़ी।

सच भी है कि घर से बाहर आकर यदि मित्र परिवार के समान लगने लगे तो फिर वही बाहर का रहना ही असली घर जैसा लगने लगता है। घर लोगों से बनता है, दीवारों से नहीं। राधिका को भी दिल्ली में अपना 'घर' मिल चुका है।

(9)

डी. यू. में कक्षाओं के अवकाश की एक बड़ी वजह 'डूटा' यानी दिल्ली यूनिवर्सिटी टीचर्स एसोसिएशन की हड़ताल भी बनती है। कभी कॉलेजों के लिए आवंटित निधि छोड़ने की मांग पर, कभी शिक्षा विधि में सुधार हेतु तो कभी शिक्षकों की नौकरी स्थाई करने हेतु, इत्यादि। इन हड़तालों का कितना फायदा शिक्षकों को मिलता है, कह नहीं सकते, सरकार की नाक में कितना दम होता है, कोई अनुमान नहीं पर प्रत्यक्ष रूप से इसके सबसे बड़े लाभार्थी होते है विद्यार्थी। छात्रों को अपनी कार्य - सारणी में यह अप्रत्याशित अवकाश किसी तोहफ़े की तरह प्रतीत होता है। कोई इस दिन आराम करता है, कोई बचे हुए काम निपटाता है जैसे नोट्स बनाना, कपड़े धोना आदि, कोई 'बिंज - वाचिंग' करता है, कोई पहले ही घूमने की योजना बना लेता है तो कोई पूरा दिन पड़ा ऊबता रहता है। अभी रविवार का अवकाश गया ही है कि आज मंगलवार के दिन 'डूटा' की छुट्टी हो गई। सुबह से मेस में यही बातचीत का प्रमुख विषय बना हुआ था। सौरव और महताब की अपने रामजस के दोस्तों के साथ पहले ही घूमने जाने की योजना बन चुकी थी, सो वो सुबह जल्दी ही तैयार होकर निकल गए।

"ठीक है भाई, चलते है।"

"उठ जा भाई, जा रहे है।"

"हूं।"

विक्रम ने नींद में मेहनत करके 'हूं' तो कह दिया पर छुट्टी के दिन जल्दी उठना किसे लाजमी है। अचानक उसके मन में यह पंक्ति

चलती है, "पीकर जिनकी लाल शिखाएँ, उगल रही सौ लपट दिशाएं, जिनके सिंहनाद से सहमी धरती रही अभी तक डोल, कलम आज उनकी जय बोल"। वह एकाएक कड़की बिजली की भांति खड़ा हो जाता है। सोचता है कि आज बची हुई पढ़ाई निपटा ले। इतने में उसकी नज़र घड़ी पर पड़ती है कि मेस का समय खत्म होने वाला है, वह जल्दी से मुंह - हाथ धोकर भागता हुआ मेस पहुंचता है। श्रुति भी तभी भागी हुई आ रही होती है।

"तू भी आज देरी से उठी?"

"हां यार, तू भी?" (उसने हल्की हंसी के साथ पूछा।)

"हूं, आज सौरव और महताब तो सुबह - सुबह घूमने चले गए तो मैं कमरे में अकेला शांति से पड़ा रहा।"

"ओह, यहां राधिका और नैना तो अभी तक सो रही है। मैं उनके लिए भी खाना लेकर जाऊंगी।"

"चलो, हम तो खा लेते है अभी।" (उसने पहले सोचा था कि खाना कमरे में लेकर जाएगा पर अब सोच रहा है कि यही खा ले।)

"हूं, लेट अस ईट।"

दोनों मेस से खाना लेकर बैठें।

"ये 'डूटा' वाले कितने बढ़िया लोग हैं।" (श्रुति ने बात शुरू की।)

"हां, ऐसी अचानक से आई छुट्टी का अलग ही मजा होता है, आज हमारे सर तो हड़ताल के बावजूद भी क्लास लेने का कह रहे थे पर हमारे सी. आर. ने पूरी क्लास के समर्थन से वो रद्द करवा दी।"

"हां, ये बी. ए. वाले टीचर्स होते ही ऐसे हैं।" (उसने हंसते हुए कहा।)

"हां यार।"

"अच्छा फिर आज क्या करेगा?" (वह वार्तालाप ठंडी पड़ती देख अचानक से बोली।)

"आज! कुछ नहीं, बस पढ़ाई करूंगा; और तुम?"

"मैं तो सोच रही थी कि कहीं घूमने जाऊ पर अब सोच रही हूं कि मैं भी पढ़ाई ही कर लूं। पहले से काफी सिलेबस इक्कठा हो चुका है।"

"हां यार, मैं तो दिल्ली सोच के आया था कि खूब लगन से पढ़ाई करूंगा पर अब जाकर किताबें छुउंगा।"

"सेम हेअर!" (उसने हंसते हुए कहा।)

"सच्ची, चलो अच्छा है आई एम नॉट अलोन।"

"अच्छा सुन, मैं दिन में थोड़ा काम निपटा लेती हूं, फिर शाम को साथ में पढ़ें?"

"हां, ये अच्छा रहेगा। दोपहर को मेस में खाना खाकर फिर पढ़ने चलेंगे।"

"हां, ठीक है।"

दोनों नाश्ता करके उठें। श्रुति अपनी दोनों संगनियों के लिए खाना लेने ही वाली होती है कि इतने में वो दोनों मेस में पहुंच गई। वहां पर श्रुति और विक्रम को अकेले देखकर वह पहले एक - दूसरे

की ओर और फिर श्रुति की तरफ देखकर हंसने लगी। श्रुति ने उन्हें बड़ी आंखें दिखाई तो वो वहां कुछ नहीं बोली और खाना लेकर श्रुति के साथ वापिस अपने कमरे में जाने लगी।

"और बहन, तेरा सही है।" - नैना ने उसे छेड़ा।

"हां, तुम तो हम सब से आगे निकली।" - राधिका ने भी साथ दिया।

"तुम दोनों चुप रहो।" - श्रुति ने कहा।

"हां, अब तो सिर्फ विक्रम ही बोलेगा।" (नैना और राधिका दोनों हंसने लगी।)

तीनों बातें करते हुए अपने कमरे में पहुंची। उधर विक्रम भी अकेले अपने कमरे में गया। उसने सोचा कि पढ़ाई तो शाम को करनी ही है तो अभी यूट्यूब खोलकर लेट गया और स्टैंड - अप कॉमेडी देखने लगा (ज़ाकिर खान का नया शो आया था)। कुछ देर फ़ोन चलाकर वह फिर सो गया। उठा तो तब तक मेस का समय हो चुका था, वो जल्दी से कपड़े सही करके नीचे भागा। वहां श्रुति पहले से मौजूद है पर उसने अभी तक विक्रम के इंतज़ार में खाना शुरू नहीं किया।

"इतनी देर कहा लगा दी तुमने?"

"अरे यार सॉरी, मेरी आँख लग गई थी। तुमने अभी तक क्यों नहीं खाया?"

"वैसे ही, मैं फ़ोन चलाने लग गई थी; चल अब खाते हैं।"

दोनों खाना खाकर विक्रम के कमरे में गए। श्रुति पहले ही नीचे किताबें लेकर आई हुई थी तो उसे वापिस अपने कमरे में नहीं जाना पड़ा। विक्रम का कमरा सामान्य लड़कों के कमरे की तरह ही बिखरा हुआ है। इस बात का उसे श्रुति के दाख़िल होते ही आभास हुआ। उसने जल्दी - जल्दी सब सामान ठीक किया, इस प्रकार कि कम से कम अभी के लिए वह श्रुति की नज़रों से छिप जाएं। फिर वे दोनों बैठकर पढ़ाई करने लगें। दोनों एक - दूसरे के विषयों से अनभिज्ञ है तो दोनों के चाहते हुए भी कोई संशय पूछने का सवाल ही पैदा नहीं होता है और वैसे, दोनों को आज पढ़ाई भी निपटानी ही हैं। बीच में कभी श्रुति विक्रम से पानी मांगती या वो उससे पेन मांगता तो ही बात होती। लगभग 2 - 3 घंटें पढ़ाई करके श्रुति अपने कमरे में जाने लगी, विक्रम की भी पढ़ाई लगभग हो ही चुकी है।

"आज काफी अच्छी पढ़ाई हो गई, अब कुछ दिनों तक बिलकुल नहीं पढ़ूंगी।"

"हूं, अब मैं भी कुछ दिन नहीं पढ़ने वाला।"

"चल बाय, मेस में मिलते है।"

"हां, बाय।"

कुछ देर विक्रम फ़ोन लेकर बैठा रहा। अभी रात के खाने में समय है तो उसने लैपटॉप निकाला और अवेंजर्स एंडगेम फ़िल्म देखने लगा। कुछ देर में सौरव और महताब भी घूमकर आ गए। विक्रम ने उन्हें देखा और वापिस अपनी फ़िल्म देखने लगा। उसने तय किया हुआ है कि इन दोनों को अपनी शाम की पढ़ाई के बारे में कुछ नहीं बताएगा।

श्रुति और राधिका आज कॉलेज नहीं गई, दोनों रूम में बैठी पढ़ाई कर रही हैं। सुबह उठते ही ये दोनों काम लेकर बैठ गई थी और शाम तक इसे निपटाने की योजना है। इनके असाइनमेंट स्कूल की फाइल से भी अधिक अनावश्यक होते है। विद्यार्थी केवल जी. पी. टी. और किताबों से पूरा असाइनमेंट उठाते है और ज्यों का त्यों नकल कर के लिख देते हैं। 500 या 1000 रुपए में आप अपना असाइनमेंट बाहर से बनवा भी सकते है और किसी अध्यापक की इस पर कोई संशय प्रकट करने की संभावना न के बराबर है। श्रुति और राधिका बिस्तर पर 2 - 3 किताबें बिखेर कर बैठी हैं और दोनों के हाथ में अपना - अपना फ़ोन है जिसमें अलग - अलग आर्टिकल खुले हुए हैं। नैना कॉलेज गई है और जाते वक्त कहकर गई थी कि उसके आने तक ये काम पूरा कर लें, फिर आने के बाद आज बैडमिंटन खेलने चलेंगे। श्रुति और राधिका बीच में कुछ सुस्ताते हुए भी आखिरकार असाइनमेंट पूरा करते हैं और फिर अपने स्पीकर पर गाने चलाते हैं; "जितनी तू मिलती जाए उतनी लगे थोड़ी थोड़ी", "तेरे बिना ज़िंदगी से कोई शिकवा तो नहीं"।

उधर विक्रम आज देरी से उठा था तो वह भी कॉलेज ना जाने का निश्चय करके अपने रूम में ही है। उसके फ़ोन में कव्वाली चल रही है, "काली - काली जुल्फ़ों के फंदे ना डालो" उसने दिल्ली आने के बाद उस्ताद नुसरत फतेह अली खान साहब को सुनने की आदत बनाई और अब पिछले कई महीनों से वह उनका दीवाना है। सौरव खुद तो ये गाने आमतौर पर नहीं चलाता पर विक्रम की वजह से उसे भी ये सब अब सुनने में अच्छा लगता है, महताब पहले से उस्ताद साहब को जानता और पसंद करता है।

सौरव और महताब अपने कॉलेज गए हैं और विक्रम से कहकर गए हैं कि उनके लिए खाना मेस से लेकर रखे। दोपहर में खाना लगा तो विक्रम सबसे पहले खाकर फिर सौरव और महताब के लिए खाना रूम में ले गया ताकि बाद में कही खत्म ना हो जाएं।

श्रुति और राधिका असाइनमेंट खत्म करके थोड़ी देरी से पहुंची, अब तक खाना खत्म हो चुका है। उन दोनों थकी और गुस्साई हुई लड़कियों ने पी. जी. वाले भईया को फ़ोन किया, उसने फ़ोन चकते ही कहा कि मैडम भिजवा रहे हैं। वो दोनों इंतज़ार कर ही रही होती हैं कि इतने में नैना भी कॉलेज से आ गई और खाना भी आ गया; वो तीनों खाना खाकर अपने कमरे में गई।

शाम को वो तीनों नॉर्थ रिज पार्क गई। सौरव ने पी. जी. के द्वार से उनको जाते हुए देखा और नॉर्थ रिज का कहते सुना और जल्दी से आकार विक्रम को बताने लगा।

"अरे भाई, नॉर्थ रिज चल।"

"भाई, बाद में चलेंगे, अभी धूप है।"

"भाई, अभी जाना जरूरी है।"

"क्यूं, क्या हो गया?"

"अरे भाभी अभी गई है वहा वो राधिका और नैना के साथ।"

"कौन, श्रुति?"

"हां, और कौन भाभी है हमारी!"

"भाई ऐसा कुछ नहीं है पर चलो जल्दी चलते हैं।"

"महताब, तू भी चल।"

"हां भाई चलो।"

वो तीनों जल्दी से नॉर्थ रिज पहुंचते हैं। यह जगह नॉर्थ कैंपस के विद्यार्थियों और आस - पास के परिवारों के लोगों के लिए सैर करने और घूमने की जगह है। वो तीनों अंदर पहुंचते ही श्रुति, राधिका और नैना को लक्षित करते हैं पर सीधा उनके पास नहीं जाते। वो तीनों बैडमिंटन खेल रही थी। कुछ देर उनके पास ही टहलने के बाद अचानक ही उनकी ओर मुड़कर उन्हें पहचानते हुए ये तीनों उनके पास पहुंचते हैं।

"अरे श्रुति, हेय।"

"अरे विक्रम, हेलो। तुम लोग यहां कब आए?"

"हम बस अभी थोड़ी देर पहले और तुम यहां कब से हो?"

"हम भी बस कुछ देर पहले ही आए।"

"ओह।"

श्रुति और नैना का मैच चल रहा है तो वो तीनों वही बैठ जाते हैं। राधिका पहले ही हारकर यहां बैठी है।

"हमारे पास दो रैकेट एक्सट्रा हैं, तुम भी खेलोगें?" - नैना उनसे पूछने आती है।

"हां बिलकुल, चलो खेलते हैं।" - सौरव उन तीनों की तरफ से जवाब देता है।

तीन टीमें बनाई गईं: श्रुति - विक्रम, नैना - सौरव, राधिका - महताब। श्रुति, विक्रम पहले ही मैच में नैना, सौरव और फिर राधिका, महताब से हारकर बाहर हो जाते हैं। महताब चिड़ी को जमीन छूने ही नहीं दे रहा है और मौका मिलते ही उछलकर स्मैश मारकर प्वाइंट निकाल रहा है।

"महताब तो बहुत अच्छा खेलता है।" - श्रुति ने विक्रम से कहा।

"हां, मुझे भी आज ही पता चला।" - विक्रम ने समर्थन किया।

"बस हम ही इतना बुरा खेलें।" (श्रुति ने खिलखिलाकर हंसते हुए कहा।)

"वैसे तू तो अच्छा ही खेली थी, मेरी ही वजह से हम हारे।"

"अरे नहीं, तुमने तो कितने स्मैश मारे थे! मेरी ही डिफेंस खराब थी।"

"और मैंने जो लास्ट का गेम प्वाइंट छोड़ा था।"

"और पहले के पॉइंट्स मैंने।"

"चल हम दोनों ही खराब खेले, बस!"

"हां, ये ठीक है।" (वो दोनों हंसने लगे।)

उधर महताब, राधिका दो अंकों की बढ़त बनाकर गेम प्वाइंट पर है पर आखिरी अंक नहीं ले पा रहें। ऐसा लग रहा है कि वो अब हर मौका मिलने पर अतिरिक्त आत्मविश्वास से खेल रहे हैं। इतने में सौरव, नैना लगातार दो अंक लेकर उनके बराबर पहुंच जाते हैं और मैच में ड्यूस हो गया है। अब किसी भी जोड़ी को जीतने के लिए दो अंकों की बढ़त बनानी होगी। महताब, राधिका एक अंक

निकालते है पर उसे हाथोंहाथ खो देते हैं। इधर सौरव, राधिका कुछ योजना बनाकर आते हैं और एक अंक निकाल लेते हैं। महताब अपने दिमाग को शांत करता है और राधिका के साथ कुछ योजना बनाता है। राधिका सर्विस लेते ही बाई ओर पीछे की तरफ हो जाती है और महताब आधे से ज्यादा कोर्ट को अकेले संभालते हुए स्मैश के साथ एक अंक निकलता है, अगला अंक भी वह ऐसे ही निकालता है, तीसरा अंक भी लग रहा था कि वह ऐसे ही लेने वाला है पर अचानक से वह चिड़ी को बस हल्का - सा बल्ले से छुआके उसे नेट से पार करा देता है और राधिका, महताब लगातार तीसरा अंक हासिल करते हैं। इसी के साथ उनकी दो अंकों की बढ़त बनती है और वो दोनों विजयी होते हैं, राधिका और महताब खुशी में कूदते हुए अचानक एक दूसरे के गले लगते है। सूरज ढलने वाला था तो तीनों लड़कियां अब वापिस जाने का कहती हैं।

"हां, तुम चलो, हम कुछ देर में आएंगे।" - सौरव उनसे कहता है।

"हां, ठीक है।" - नैना जवाब देती है।

वो तीनों वापिस पी. जी. चली जाती हैं। विक्रम, सौरव और महताब एक दुकान पर हुक्का पीने पहुंचते हैं। तीनों यहां कभी - कबार आते हैं। सौरव दुकानदार को राम - राम करता है और वो उनके लिए पीछे जगह साफ करवा देता है। वो तीनों पीछे हुक्का पीते हुए कुछ बातें करते हैं, धुएं की रिंग्स बनाते हैं और थोड़ी देर में पैसे हिसाब में लिखवाकर वापिस पी. जी. लौटते हैं।

(11)

विक्रम आज सुबह 4 बजे उठा और हंसराज कॉलेज परिसर में योग - प्राणायाम करने गया। हंसराज प्रशासन ने 'अद्वैत सोसाइटी' के बच्चों के सहयोग से अपने परिसर में यह पांच - दिवसीय योग साधना व प्रशिक्षण का कार्यक्रम रखा है। आज इसका दूसरा दिन है और विक्रम ने पांचों दिन जाने का निश्चय किया है। यहां पर पतंजलि संस्था की तरफ से उत्कृष्ट योग साधक सिखाने हेतु आए हुए हैं। कार्यक्रम में वरिष्ठ लोगों की संख्या अधिक है और विक्रम के हमउम्र या अन्य विद्यार्थियों की संख्या बहुत कम। विक्रम ने वहां पहुंचकर देखा कि वहां पर विधि भी आई हुई है। अभी सारी जगह भरी नहीं है तो वह विधि की साथ वाली चटाई पर जाकर बैठ गया। विधि ने उसे देखते ही हाय कहते हुए हाथ से वेव किया, विक्रम ने भी उसे पलट कर वेव किया। सबसे पहले लंबी - गहरी सांस भरी गई और फिर एक प्रार्थना के साथ प्राणायाम आरंभ हुए,

"संगच्छध्वं संवदध्वं सं वो मनांसि जानताम्

देवा भागं यथा पूर्वे सञ्ज्ञानाना उपासते"।

भस्त्रिका, कपालभाती और अनलोम - विलोम के बाद कुछ योगासन करवाए गए, फिर लेटकर और फिर ओम उच्चारण और ध्यान के बाद एक प्रार्थना हुई,

"सर्वे भवन्तु सुखिनः सर्वे सन्तु निरामया

सर्वे भद्राणि पश्यन्तु मा कश्चित् दुःखभाग् भवेत्"।

इसके बाद सभी हाथ खोल - खोलकर जोर से हंसें और उसी के साथ आज के कार्यक्रम का समापन हुआ। कार्यक्रम समाप्ति के बाद विक्रम विधि के पास गया और उससे हाथ मिलाया।

"हाय, तू भी योग करती है?"

"नहीं यार, मैंने तो आज लाइफ में पहली बार योग किया है।"

"हां, तभी तो मैं सोच रहा था कि कल तो तू नहीं थी।"

"हां, तू क्या पहले से योगा करता है?"

"नहीं बस अबकी बार 21 जून को अंतरराष्ट्रीय योग दिवस के दिन किया थी।"

"ओह, अब आएगा बाकी के दिन?"

"हां आऊंगा और तू?"

"मैं तो आज वैसे ही आई थी पर चल तू आएगा, तो आ जाऊंगी।"

"हां आ जाईयो, मुझे भी कंपनी हो जाएगी।"

"हां जरूर।"

"चल बाय, मैं निकल रहा हूं।"

"कहां, पी. जी.?"

"हां।"

"रुक फिर, मैं भी चलती हूं। मेरा पी. जी. रास्ते में ही आएगा।"
"हां, चल।"

दोनों बातें करते हुए विधि के पी. जी. पहुंचें जहां उसे छोड़कर विक्रम अपने पी. जी. पहुंचा। रास्ते में उसे राधिका मिली जो पास की दुकान से दूध लेकर आ रही है।

"हे राधिका।"

"हाय, तुम कहां से आ रहे हो?"

"मैं कॉलेज से योगा करके।"

"अच्छा हां, वहां पर पांच दिन का कोई योग का प्रोग्राम है ना!"

"हां, उसी में गया था।"

"किसके साथ?"

"अकेला ही गया था पर वहां जाकर मेरी क्लासमेट विधि मिल गई थी तो फिर कंपनी हो गई।"

"ओह, अच्छा है।"

राधिका और विक्रम साथ में वापिस अपने पी. जी. पहुंचें जहां विक्रम अपने कमरे में गया और राधिका दूध उबालने गई। सौरव और महताब अभी तक सो रहे हैं। विक्रम ने मेस का समय होता देख उन्हें उठाया और फिर वो दोनों तैयार होकर खाना खाने पहुंचें। विक्रम अभी नहीं नहाया क्योंकि उसको आज कॉलेज नहीं जाना है। उसने आज कपड़े धोने का निश्चय किया है। सौरव और महताब कॉलेज के लिए निकल गए और विक्रम कुछ देर में बालटी में पानी और सर्फ एक्सेल डालकर हफ्ते भर के मैले कपड़े धोने लगा। (इस पी. जी. में वाशिंग मशीन की सुविधा नहीं है।) पिछली बार जब उसने कपड़े धोए थे तो उनमें थोड़ा डिटर्जेंट

रह गया था, इसलिए इस बार उसने पहले यूट्यूब पर कपड़े धोने की वीडियो देखी और सोचा हुआ है कि कपड़ों को ढंग से निचोड़ेगा। कुछ देर कपड़ों को डिटर्जेंट वाली बालटी में छोड़ने के बाद वह उन्हें चलती हुई टूंटी के नीचे निचोड़ने लगा और एक - एक करके ऐसे ही सब कपड़े उसने निचोड़े और उन्हें दूसरी बालटी में डाला जिसमें पहले से साफ पानी भरा हुआ था। दूसरी बालटी से कपड़े निचोड़ - निचोड़कर उन्हें फिर पहली बालटी में डाला और ऐसा ही कुल उसने 2 - 3 बार किया जब तक कि पानी बिलकुल साफ नहीं बच गया। फिर वो सुखी बालटी में धुले हुए कपड़े लेकर छत पर जाने लगा। सीढ़ियों तक पहुंचा ही था कि उसे याद आया कि वो कपड़े सुखाने की चिमटी तो लाया ही नहीं। चिमटी लेकर जब वो वापिस सीढ़ियों के पास पड़ी बालटी तक पहुंचा तो उसने देखा कि वहां श्रुति खड़ी है।

"ये बालटी तेरी है?"

"हां, मैं कपड़े सुखाने जा रहा हूं।"

"हां, वो तो दिख रहा है।" (उसने विक्रम के भीगे हुए कपड़े और हाथ देखकर हंसते हुए कहा।)

"वैसे तू यहां कैसे! तू भी छत पर जा रही है?"

"हां यार, आज मैं लेट उठी थी तो फिर सोचा कि अब कॉलेज ना जाऊ मगर राधिका और नैना तो कॉलेज गई है, फिर मैं अकेले बोर हो रही थी इसलिए कुछ देर छत पर टहलने जा रही थी।"

"ओह, मुझे बता देती। मैं भी आज कमरे में अकेला ही था।"

"अच्छा, चल कोई बात नहीं। तुझे वैसे भी कपड़े धोने थे। चल आजा छत पर, मैं सुखवा दूंगी थोड़े कपड़े।"

वो दोनों छत पर पहुंचते हैं। आज काफी तीखी धूप निकली हुई है। थोड़ी देर कपड़े सुखाने में ही वो दोनों पसीने से तर - बतर हो जाते हैं।

"आज तू सुबह कॉलेज योगा करने गया था?" (ऐसा लगा मानो वो काफी देर से ये पूछना चाहती हो और एकदम से यह वाक्य निकला।)

"हां, और कल भी गया था। वो जो पांच दिन का प्रोग्राम है, उसी में।"

"हूं, तेरे साथ वो विधि भी थी! राधिका बता रही थी।"

"हां, मुझे भी नहीं पता था कि वो वहा होगी। आज बायचांस ही मिल गई।"

"अच्छा, तो वो कल भी आएगी?"

"हां, कह तो रही थी कि आयेगी।"

"चल मैं भी चलूंगी कल।"

"हां चलना, सुबह तैयार होकर मुझे रिंग कर देना, फिर साथ में चलेंगे।"

"हां, वैसे कितने बजे उठना होगा इसके लिए?"

"मैंने तो 4 बजे का अलार्म लगाया था, फिर 5 बजे तक तैयार होकर निकलना होगा।"

"इतनी जल्दी! चल ठीक है, एक दिन एडजस्ट कर लूंगी।" (उसने दाईं आंख बंद करते हुए और दायां गाल हल्का उठाते हुए कहा।)

"हां, ठीक है।"

वो दोनों कपड़े सुखाकर नीचे आए। अभी दोपहर के खाने का समय होने वाला था तो वो दोनों अपने - अपने कमरों में मुंह हाथ धोकर नीचे मेस में पहुंचे।

"कल अकेले मत चला जाइयो, ठीक है!"

"हां हां, तेरे साथ ही जाऊंगा।" (विक्रम ने थोड़ा हंसते हुए कहा।)

इतने में सौरव, महताब, राधिका और नैना भी आ गए। वो चारों रास्ते में मिल गए थे और कुछ दूरी से साथ में आए हैं।

विक्रम आज रात को यही सोच रहा है कि सुबह श्रुति के साथ योग करने कॉलेज जाएगा। उसे ऐसा लग रहा है जैसे उसकी वो प्रार्थना मान ली गई हो जो उसने कभी की भी नहीं। वो 10 बजे ही लेट गया और 10:30 तक सो गया क्योंकि कल उसे किसी भी हालत में सुस्ताना नहीं है। अगले दिन सुबह उसकी नींद अपने आप ही खुली, वह घबरा गया कि कहीं देर तो नहीं हो गई पर उसने फ़ोन देखा तो पता चला अभी 3:50 ही बजे है। मानव मस्तिष्क पर शोध करने पर पाया गया है कि दिमाग अलार्म के समय से कुछ देर पहले से ही स्ट्रेस हार्मोन रिलीज़ करने लगता है ताकि व्यक्ति अलार्म का समय होने से पहले स्वयं ही उठ जाए और दिमाग को अचानक से अलार्म साउंड का झटका ना सहना पड़े। ख़ैर, विक्रम अभी 10 मिनट और सो गया और फिर अलार्म बजने पर ही उठा। 5 बजे तक निकलने के लिए तैयार होकर उसने कमरे से बाहर जाकर श्रुति को फ़ोन किया।

"हेलो श्रुति।"

"हेलो।"

"चले योग करने?"

"हां, चलते है, दो मिनट रुक।"

"ठीक है, नीचे आ जाना, मैं गेट पर हूं।"

"हां, ठीक है।"

विक्रम नीचे पहुंचकर श्रुति का इंतज़ार करने लगा। वह 5 मिनट बाद आई और दोनों कॉलेज के लिए चलने लगे।

"वहा पर कौन - कौन आता है?"

"वहां! कुछ एक टीचर्स होते हैं और कुछ बड़े लोग, स्टूडेंट्स तो काफी कम होते हैं।"

"ओह! चल अच्छा ही है। ज्यादा स्टूडेंट्स से नहीं मिलना पड़ेगा।"

"हां।"

"वैसे विधि को योग करने का क्या शौक है?"

"अरे नहीं, वो भी बस कल ही आई थी। फिर उसे वहां मैं मिल गया तो उसने कहा कि वो आगे भी आ जाएगी।"

"ओह! तेरी काफी अच्छी दोस्त लगती है।"

"हां, ठीक - ठाक दोस्ती है। क्लास में मेरी उसी से सबसे अच्छी बनती है।"

"अच्छा है, चल मुझे भी मिलवाना आज उस से।"

"हां जरूर मिलवाता हूं।"

दोनों बातें करते हुए कॉलेज परिसर में योग कार्यक्रम के स्थान में दाखिल हुए। आज विक्रम रोज से कुछ जल्दी पहुंच गया है। अभी तक अधिकतर जगहाएं खाली है तथा बहुत से लोगों का आना शेष है। विधि भी अभी नहीं आई। विक्रम और श्रुति आगे की तरफ चटाई पर बैठें। प्रार्थना आदि के बाद जब प्राणायाम शुरू हुए तो श्रुति विक्रम की ओर देखने लगी और उसका अवलोकन करते हुए उसी के जैसे करने लगी। फिर अलग - अलग प्रकार की योग मुद्राएं बनवाई गई और अंत में सभी को हंसवाने के साथ समापन हुआ। योग करके विक्रम ने पीछे देखा कि वहा विधि बैठी है। वो श्रुति को लेकर विधि के पास गया।

"हेलो, ये श्रुति है बी. कॉम. से। हमारे पी. जी. में रहती है।"

"हाय, आप इनैक्टस सोसाइटी में हो ना।"

"हां हूं बट हाउ डू यू नौ?"

"मेरा एक दोस्त है इनैक्टस में, उसकी इंस्टा स्टोरी में देखा था कोई ग्रुप फ़ोटो में।"

"तू इनैक्टस में है! मुझे नहीं बताया।"

"अरे हूं यार।"

"और आप हो किसी सोसाइटी में?"

"नहीं यार, मैंने कोई ज्वाइन नहीं की। बहुत बिज़ी हो जाते है सोसाइटी वग्यारा में।"

"हां, वो तो है।"

तीनों बातें करते - करते ही वहां से निकले और विधि के पी. जी. की ओर जाने लगे।

"तुम कहां से हो वैसे?"

"मैं पटियाला से हूं।"

"पंजाब?"

"हां पंजाब, आपने दिलजीत का गाना सुना होगा पटियाला पेग।"

"हां, उसी से जानती हूं पटियाला को।" (श्रुति ने हंसते हुए कहा।)

"और आप कहां से हो?"

"मैं अमेठी से, ये प्रयागराज से कुछ दूरी पर है जहां से विक्रम है।"

"अच्छा, हां मैं जानती हूं अमेठी को। चुनावों के टाईम ये बहुत न्यूज़ में थी।"

"हां, वो तो हमेशा की बात है।"

विधि का पी. जी. आ गया। उसको छोड़कर श्रुति और विक्रम अपने पी. जी. के लिए निकलें।

"आज तू कॉलेज जाएगा ना?"

"हां जाऊंगा, और तू?"

"हां जाऊंगी, साथ में ही चलेंगे। ठीक है?"

"हां, मुझे रिंग कर देना। 9 बजे तक निकल लेंगे।"

"हां, ठीक है।"

9 बज गए, विक्रम 8:50 से ही पी. जी. के दरवाजे पर श्रुति का इंतज़ार कर रहा है पर उसे आने में कुछ देरी हो गई। 9:10 तक वो भागी - भागी आई।

"अरे सॉरी सॉरी, मैं वो राधिका के साथ कुछ बातों में लग गई थी।"

"वो नहीं आएगी आज?"

"नहीं, कह रही थी कही बाहर जाएगी।"

"अच्छा हां, आज उसका महताब के साथ घूमने जाने का प्लान बना है।"

"ओह! महताब के साथ, उसने ये नहीं बताया।"

"अच्छा, नहीं बताया!" (विक्रम ने मुस्कुराते हुए कहा।)

"हां।" (श्रुति हल्का - सा हंसी।)

ये दोनों यूं ही बातें करते हुए कॉलेज पहुंचे। थोड़ा अंदर गए ही थे कि उन्हें विधि वहां मिली।

"हाय विधि।" (श्रुति ने पीछे से विधि के कंधे पर हाथ रखते हुए हंसकर कहा।)

"हाय! हाय श्रुति, हेलो विक्रम।" (विधि ने पीछे मुड़कर उनकी और मुस्कुराते हुए कहा।)

"क्लास जा रही है?" (विक्रम ने जिज्ञासा सहित पूछा।)

"नहीं, आज पहली क्लास कैंसल है ना! तुझे नहीं पता?"

"नहीं, ये कब हुआ? अच्छा, फिर कहा जा रही है?"

"मैं बस यूं ही ग्राउंड में जा रही थी।"

"अच्छा, मैं भी चलता हूं।"

"चलो, मैं भी चलती हूं।" (श्रुति ने विक्रम को रोकते हुए कहा।)

"पर तेरी तो क्लास है ना!"

"नहीं, आज बंक।" (उसने हंसते हुए कहा।)

वो तीनों ग्राउंड में जाकर कुछ देर बैठें और अपना - अपना फ़ोन चलाने लगे।

"अरे गाइज़, ट्रुथ & डेयर खेलें?" (श्रुति ने प्रस्ताव रखा।)

"हां, पर उसमें ट्रुथ नहीं रखेंगे।" (विक्रम ने कहां।)

"हां ये ठीक है।" (विधि ने समर्थन किया।)

"हां चलो फिर ये लो बोतल। विक्रम घुमाओ इसे।" (श्रुति ने अपनी बोतल का पानी खत्म करके उसे विक्रम की ओर फेंका।)

विक्रम ने बोतल घुमाई और वह विधि पर रुकी।

"अरे यार, मुझसे ही शुरू करोगे!" (विधि ने मुंह बनाते हुए कहा।)

"हां, तुम्हे वो सामने लड़का दिख रहा है नीली शर्ट वाला, उसे आई लाइक यू बोलके आना है।" (श्रुति ने कहा।)

"ठीक है जाती हु पर तुम्हारी बारी आने दो, फिर बताऊंगी।"

विधि उस लड़के के पास गई और शर्माकर वापिस आ गई मगर उसको विक्रम ने रोका और वापिस भेजा। आखिर कुछ देर डर - डर के वो वहां गई और उस लड़के को हाय करके आई लाइक यू बोल दिया। वो लड़का हल्का - सा मुस्कुराया क्योंकि वो समझ गया कि ये डेयर कर रही है और विधि वापिस आ गई। विक्रम ने बोतल वापिस घुमाई और अबकी बार बोतल उसी पर आकर रूकी।

"अरे वाह! अब तू आ।" (विधि ने आंखें बड़ी करते हुए कहा।)

"तू फंस गया अब।" (श्रुति ने सिर हिलाते हुए कहा।)

"अच्छा बताओ क्या करना है?" (विक्रम ने आराम से कहा।)

"तुझे वो सामने लाल वाली का नंबर लेकर आना है।" (विधि ने उसे डेयर दिया।)

"चलो ठीक है।" (विक्रम ने स्वीकार किया।)

विक्रम लाल कपड़ों वाली लड़की के पास जाने के लिए चला। विधि कुछ दूरी तक उसके साथ ही थी उसका डेयर देखने के लिए और ताकि वो वापिस मुड़कर ना आए। विक्रम ने आधे रस्ते में मुड़ने की चेष्टा की पर विधि के रोकने के बाद आखिरकार उसने गहरी लंबी सांस ली और लाल वाली के पास पहुंचा।

"हाय, क्या मैं आपके साथ फ़ोटो खिंचवा सकता हूं?" (विक्रम ने उससे प्रार्थी भाव से पूछा।)

"हां, ठीक है।" (वह समझ गई कि इसका डेयर चल रहा है।)

विक्रम ने उसके साथ अपने फ़ोन में सेल्फी ली।

"ये देखो, अच्छी आई है।"

"हां, अच्छी आई है।"

"शूड आई सैंड यू दिस?"

"हां भेज दो।"

"अच्छा, अपना नंबर दो।"

"हां, लिखिए 87234..."

"ओके थैंक्स, नैना?"

"हां, आपको कैसे पता।"

"ट्रूकॉलर पर आ गया।"

"ओहके, वैसे आपका क्या नाम है?"

"विक्रम।"

"ओके, बाय।" (उसने विक्रम की और हाथ बढ़ाते हुए कहा।)

"हां, बाय।" (विक्रम ने उससे हाथ मिलाते हुए कहा।)

विक्रम और विधि वापिस आ गए। अब सिर्फ श्रुति बची है तो उन्होंने दोबारा बोतल नहीं घुमाई।

"अब श्रुति की बारी।" (विक्रम ने कहा।)

"हां, बताओ क्या करना है।" (श्रुति ने आसानी से मान लिया।)

"मैं बताती हूं, तुम्हें उधर वो टोपी वाले को घुटनों पर बैठ कर आई लाइक यू बोलना है।" (विधि ने कहा।)

"नहीं यार, ये ज्यादा हो जाएगा। तुम्हें भी घुटनों पर नहीं बैठाया था।" (श्रुति ने चेहरे से अपनी अस्वीकारिता ज़ाहिर की।)

"अच्छा ठीक है। फिर तुम्हे सिर्फ उसका हाथ पकड़कर आई लाइक यू बोलकर आना है।"

"अच्छा ठीक है।"

श्रुति भी कुछ देर जाते हुए घबराई पर फिर हिम्मत करके पहुंची। उसने उस टोपी वाले लड़के को हाय करते हुए हाथ बढ़ाया। लड़के ने थोड़ी उलझन वाली अभिव्यक्ति दी पर फिर हाय बोलते हुए उससे हाथ मिलाया। श्रुति ने हाथ नहीं छोड़ा और उसे आई लाइक यू बोलकर आ गई। तीनों का डेयर पूरा हुआ और इतने में उनकी अगली कक्षा का समय भी हो गया।

"आज खेलने में मजा आया। चलो, मैं क्लास में जा रही हूं।" (श्रुति ने उठते हुए कहा।)

"हां, हम भी चल रहे हैं।" (विधि ने कहा।)

विक्रम और विधि ने श्रुति को अलविदा किया और वो तीनों अपनी - अपनी कक्षाओं में गए।

(12)

महताब आज 8 बजे के करीब उठा है। उसने कल रात इंस्टा पर राधिका के साथ सुबह घूमने जाने की योजना बनाई थी। राधिका आज तक किसी लड़के के साथ अकेले घूमने नहीं गई है पर उसे कोई झिझक भी नहीं है। महताब पटना में एक बार एक लड़की के साथ घूमने गया तो था पर बिलकुल सामान्य दोस्त की तरह।

"चल भाई तैयार होजा, कॉलेज नहीं जाना!" (सौरव ने तैयार होते समय महताब से कहा।)

"नहीं भाई, आज मैं नहीं जाऊंगा कॉलेज। तुझे अकेले ही जाना पड़ेगा आज।"

"के बात! तबियत ठीक ना है?"

"ठीक है भाई, आज मैं राधिका के साथ घूमने जाऊंगा।"

"अच्छा बेटे, लगे रहो मुन्ना भाई।"

महताब थोड़ा हंस दिया। कुछ देर में सौरव तैयार होकर रामजस कॉलेज के लिए निकल गया और महताब ने 10 बजे तक तैयार होकर राधिका को फ़ोन किया।

"हेलो राधिका।"

"हाय महताब, कैसे हो?"

"हम अच्छे है। तुम कैसी हो?"

"हम भी अच्छे है।"

"तैयार हो गई?"

"हां, हम तैयार है। तुम तैयार हो गए?"

"हां, हम भी तैयार है। हम कह रहे थे कि हम नीचे तुम्हारे कमरे में आ जाए। फिर घूमने चलेंगे।"

"हमारे साथ अभी नैना है। एक काम करो, तुम अपने कमरे में ही रहो। हम ऊपर आते है।"

"ठीक है, आ जाओ।"

राधिका ऊपर महताब के कमरे में गई। महताब ने इतनी देर में कमरा ठीक कर लिया। आज सुबह से बहुत तेज धूप निकल गई।

"अभी धूप बहुत तेज है। कुछ देर बाद में चलेंगे घूमने।" - राधिका ने कहा।

"हां, आज अचानक ही इतनी धूप हो गई। दोपहर का खाना खाकर फिर चलेंगे।"

"हां, ठीक है।"

"तुम्हारे पापा और भाई अब ठीक रहते हैं? वो विक्रम बता रहा था तुम्हारी मम्मी के बारे में।" - महताब ने चिंता व्यक्त करते हुए कहा।

"हां, मन खराब तो रहता ही है पर अब वैसे ठीक है। हमारी भी उनसे इतनी बात नहीं होती आजकल। कभी - कभी रात को हमे भी मम्मी की बहोत याद आती है।" (इतना कहकर राधिका का चेहरा रुआसा - सा हो गया।)

"तुम्हें लगा था आज इतनी धूप हो जाएगी!" (महताब ने बात बदलते हुए कहा।)

"नहीं।" (राधिका से अपना मन संभालते हुए इतना ही कहा गया।)

राधिका अब कुछ देर बिलकुल नहीं बोली और ऐसे लग रहा था मानो अपनी मम्मी की कुछ बातें याद कर रही हो। उसकी बाईं आंख के नीचे एक छोटा - सा मोती जैसा आंसु आ गया जिस पर उसने ध्यान नहीं दिया। वो कुछ देर ऐसे ही बैठी रही और फिर कुछ देर में वो दोनों अपना - अपना फ़ोन चलाने लगें और दोपहर के खाने का इंतज़ार करने लगें।

1 बज गया और वो दोनों मेस में पहुंचें। उन्होंने खाना खत्म किया तब तक आसमान में बादल छा गए, सूरज बादलों के पीछे छुप गया और धूप बिलकुल कम हो गई। वो दोनों फिर घूमने के लिए निकलें और हौज़ खास मेट्रो स्टेशन पहुंचकर वहां से पैदल चलते हुए डियर पार्क पहुंचें। महताब यहां एक बार दोस्तों के साथ पहले भी आया हुआ है पर राधिका यहां पहली बार आई है। डियर पार्क में इस समय बहुत - से लोग घूम रहे हैं, कॉलेज के ग्रुप्स भी हैं और कुछ लड़के, लड़कियों के समूह भी हैं।

"वो देखो हिरण।" - महताब ने चलते हुए राधिका से कहा।

"हां, अभी देखा हमने। तुम्हें मोर की आवाज आ रही है?"

"हां, मयूर मयूर।" (महताब ने आवाज की नकल करने की कोशिश की।)

राधिका थोड़ा हंसी।

"संभल के चलना। यहां सांप भी हो सकते है।" - महताब ने चेताया।

"हैं! सच्ची?"

"हां, थोड़ा ध्यान रखना जरूरी है।"

"तुम्हारे ऊपर भी कोई बूंद गिरी क्या?"

"नहीं तो।"

"हमारे ऊपर अभी एक बूंद गिरी।"

उन्होंने डियर पार्क पार किया ही कि बारिश होने लगी। दोनों में से किसी के पास छतरी नहीं है। वो दोनों बारिश में भीगते हुए आगे बनी एक शेड में गए जिसमें बेंच लगे हुए हैं और बीच में कुछ लोग खाने - पीने का सामान भी बेच रहे हैं। देखते ही देखते अगले 2 मिनट में यहां भीड़ जमा हो गई। हां, 1 - 2 कपल्स अभी भी बारिश में बाहर ही बेंच पर बैठे हैं और कुछ घूम रहे हैं। महताब और राधिका ने कुछ देर इंतज़ार किया पर बारिश और ही तेज हो गई।

"चलो, अब भीग तो गए ही है। बारिश में ही घूम लेते हैं, मजा आयेगा।" - राधिका ने महताब का हाथ पकड़ते हुए कहा।

"कुछ देर और देख लेते हैं।"

"नहीं, बारिश में ही घूमेंगे अब।"

राधिका महताब को दोनों हाथों से पकड़कर बाहर ले आई। वो दोनों डियर पार्क की दूसरी ओर से निकलें और गीली सीढ़ियों पर संभलते हुए नीचे उतरें। वहां से निकलकर डिस्ट्रिक्ट पार्क आया जो कि डियर पार्क से ही जुड़ा हुआ है। वो दोनों डिस्ट्रिक्ट पार्क के बतख लेक के किनारे घूमने लगे।

"एक बार श्रुति और विक्रम भी कही घूमनें गए थे ना।" - राधिका ने पूछा।

"हां, वो दोनों सफदरजंग गए थे।"

"उनकी जोड़ी जचती है ना?"

"हां, श्रुति अच्छी है और विक्रम भी ठीक ही है।"

"अरे, ऐसे क्यूं कह रहे हो!" - राधिका ने हंसते हुए कहा।

"नहीं, मज़ाक कर रहा हूं। दोनों की जोड़ी काफी जचती है।" (महताब भी हंसने लगा।)

"वो देखो बतख।"

"हां।"

दोनों घूमते हुए 'मुंडा गुंबद' के पास पहुंचे। यह एक पत्थर से बनी छोटी - सी गुफा जैसा है जिसकी सीढ़ियों से उसके ऊपर भी जाया जा सकता है। 'मुंडा गुंबद' के अंदर पहुंचते ही उन्होंने देखा कि यहां पहले से बहुत लोग मौजूद है। पूरा गुंबद अपने चारों दरवाजों तक लोगों से भरा हुआ है, दो कुत्ते भी वहा पड़े बारिश से बचकर आराम कर रहे हैं। महताब और राधिका ने कुछ देर तक वही खड़े लोगों का अवलोकन किया। फिर राधिका सीढ़ियां चढ़ कर ऊपर पहुंची और महताब भी उसके पीछे - पीछे ऊपर भागा। ऊपर से नज़ारा बहुत खुबसूरत लग रहा है। सामने झील दिख रही है, बाकी तीनों ओर हरियाली और ऊपर आसमान से बरसती हुई बारिश के बीच खड़े ये दोनों मौसम का मजा ले रहे हैं। महताब गाना गुनगुनाने लगा,

'बड़े अच्छे लगते हैं

ये धरती, ये नदिया, ये रैना, और?

और तुम...'

राधिका ने महताब से तसवीरें खींचने को कहा। महताब ने बारिश से बचाते हुए फ़ोन का कैमरा खोला, राधिका उसके सामने एक पत्थर पर पोज़ बनाकर बैठ गई और वो उसकी तसवीरें खींचने लगा। फ़िर उन दोनों ने कुछ सेल्फी ली, राधिका ने भी महताब की तसवीर खींची और वो दोनों नीचे आ गए। बारिश अभी भी कुछ धीमी होकर चल रही है। वो दोनों वहां से निकलकर जिस रस्ते से आए थे, उसी से वापिस हौज़ खास मेट्रो स्टेशन चले गए।

(13)

विक्रम, सौरव और महताब तीनों आज योजना बनाकर कॉलेज से जल्दी वापिस आ गए। दोपहर का खाना मेस में खाकर वो तीनों अपने कमरे में वापिस गए। आज उन तीनों ने जिम जाने का फैसला किया है। विक्रम 10वी कक्षा में एक बार जिम जा चुका है। महीने के पैसे देकर मुश्किल से 10 दिन ही गया होगा, वो भी बीच में छुट्टी कर करके। लड़कों में जिम जाने का जोश एक बार छोटी उमर में आ ही जाता है पर कसरत का मुश्किल अनुशासन और शुरुआत में होने वाले शरीर के दर्द से पस्त होकर यह जोश कई लड़कों में बहुत जल्दी ठंडा भी हो जाता है। खैर, बच्चों को छोटी उमर में जिम लगना भी नहीं चाहिए। अपितु उन्हें खेल - कूद की अन्य क्रियाएं करनी चाहिए जिससे उनके शरीर का

सर्वांगिक विकास हो सके। सौरव भी 9वी कक्षा में फितूर में जिम लगा था, उसके दिनों की संख्या महीने में कुछ 15 दिन ही रही। वो उसके बाद 11वी की परीक्षा समाप्त होने पर एक बार फिर जिम लगा, इस बार कुछ हिम्मत से 3 महीने निकाले पर फिर 12वी की पढ़ाई के चलते जिम छोड़ दी गई। महताब ने अब तक कभी भी जिम में दाखिला नहीं लिया है, एक बार बचपन में अपने मामा के साथ जरूर गया था। हां, उसने अपने साथियों के साथ खेल - कूद खूब किया है और इसी कारण उसका शरीर लचीला और सुडौल है। आज ये तीनों खाना खाकर आराम करने के लिए लेट गए क्योंकि जिम का पहला दिन है और तीनों को अपनी सम्पूर्ण ऊर्जा के साथ वहा जाना है।

5 बज गए और तीनों लोअर, टी - शर्ट पहनकर सीढ़ियों से नीचे उतरें। रास्ते में उन्होंने 6 केले लिए और सबने 2 - 2 खाएं। लगभग 400 मीटर चलकर उनका जिम आया, 'गोल्ड फिटनेस जिम'। सौरव और महताब कल कमला नगर में 1 - 1.5 किलोमीटर की सीमा में लगभग हर जिम देख आए थे; किसी में वायु - संचालन उचित नहीं था, किसी में जगह कम थी और जो पसंद आए उनका शुल्क बहुत अधिक था। अंत में यह जिम निश्चित हुआ जो उनके पी. जी. के करीब भी है, सब सुविधाएं भी तार्किक रूप से उचित है और शुल्क भी 1000 रुपए महीना ठीक है। ये तीनों जिम के अंदर दाखिल हुए और सबसे पहले वॉर्म - अप करने लगें। जिम में बब्बू मान के गाने बज रहे हैं। इन्होंने सबसे पहले कुछ कूदने की क्रियाएं की और फिर 12 - 12 के तीन पुश - अप्स के सेट लगाए। वॉर्म - अप के बाद ये तीनों प्रशिक्षक के पास गए और अपने लिए कसरत की क्रियाएं पूछी।

"पहले से कुछ वर्कआउट कर रहे हो?" - प्रशिक्षक ने इन तीनों से पूछा।

"नहीं सर, अभी कुछ नहीं कर रहें।" - सौरव ने तीनों की ओर से उत्तर दिया।

"हा तो अभी मिक्स करो, फिर तुम्हारा शेड्यूल बनाएंगे। वो सामने मशीन पर बैक के करो पहले।"

"कैसे करनी है सर?"

"अरे इन्हें बताना कैसे करनी है।" - प्रशिक्षक ने उस मशीन पर पहले से व्यायाम कर रहे एक लड़के से कहा।

ये तीनों उस मशीन के पास गए और उस लड़के ने इन्हें पहली क्रिया समझा दी। तीनों उसे करते हैं और वो बीच - बीच में आकर इनकी मुद्रा भी ठीक करवाता हैं। यह हो जाने पर उसी ने इन्हें अगली क्रिया भी बताई और इन तीनों ने की। 2 बैक की हो जाने पर प्रशिक्षक ने उन्हें बाइसेप की क्रिया बताई। इन तीनों ने बाइसेप की क्रिया की और फिर चेस्ट की बटरफ्लाई क्रिया की और अंत में स्ट्रेचिंग करके इनका आज का व्यायाम समाप्त हुआ।

व्यायाम करके तीनों को काफी अच्छा लग रहा है, एक उपलब्धि का आभास हो रहा है। तीनों के मनोभाव इस प्रकार है कि अब तो रोज जिम आना है। तीनों चलते हुए वापिस पी. जी. पहुंचें जहा मेस में खाना लग ही रहा है और उन्हें द्वार पर श्रुति मिली। श्रुति ने उन्हें पसीने में सना देख कर पूछा कि कहा से आ रहे हैं जिसपर विक्रम ने गर्वयुक्त होकर मगर अपने भाव छिपाते हुए कहा कि जिम से आ रहे हैं। वे तीनों ज्यादा बात करने के लिए नहीं रुके और जल्दी से ऊपर जाकर शरीर पर पानी डालकर और कपड़े

बदलकर नीचे आ गए। अभी तक श्रुति ने भी खाना शुरू नहीं किया है, वह राधिका और नैना का इंतज़ार कर रही थी जो कि अभी पहुंची थे और वो तीनों बस अभी खाना लेकर बैठे ही है। तीनों लड़के भी जल्दी - जल्दी खाना लेकर इनकी साथ वाली मेज पर आकर बैठ गए। विक्रम श्रुति के बिलकुल बगल में बैठा है।

"तुम्हारा जिम कैसा रहा?" - श्रुति ने विक्रम की ओर देखते हुए तीनों लड़कों से सवाल किया।

"ये तीनों जिम गए थे!" - नैना ने अचंभा व्यक्त किया।

"अच्छा था, मजा आया। चाहो तो कभी तुम सब भी चल सकती हो, वो यूनिसेक्स जिम है।" - विक्रम ने उत्तर दिया।

"नहीं, हमें नहीं जाना। पहले तुम तीनों तो रूटीन बना लो।" - श्रुति ने उत्तर दिया।

"ये भी ठीक है।" - सौरव ने हंसते हुए कहा।

सबने अपना - अपना खाना खत्म किया और अपने - अपने कमरों में चले गए। तीनों लड़कों का शरीर थोड़ा - थोड़ा दर्द कर रहा है पर उनके मन का हर्ष उस दर्द से कही अधिक है। उन्होंने तय किया हुआ है कि कल भी कॉलेज से आकर आज की ही भांति जिम करने जाएंगे। अगले दिन सवेरे कोई भी अलार्म से नहीं उठा। अचानक महताब की जाग खुली और उसने सौरव और विक्रम को जगाया। तीनों के शरीर टूट रहे हैं, कल के व्यायाम का कष्ट आज अगले दिन मिल रहा है। कॉलेज में उनकी पहली कक्षा तो अब छूटेंगी ही पर यह कोई नई बात नहीं है। तीनों कई बार देरी होने के कारण पहली कक्षा के पश्चात ही कॉलेज पहुंचते हैं। दोपहर का खाना खाने और थोड़ा आराम करने के बाद विक्रम ने

अपने साथियों से आज जिम चलने के बारे में पूछा। महताब को देखकर लग रहा है कि वो चलने के लिए मान जाएगा पर सौरव ने साफ मना कर दिया। विक्रम भी कुछ अधिक उत्सुक नहीं दिख रहा है, अतः उन तीनों ने सर्वसम्मति से जिम न जाने का निर्णय किया।

(14)

विक्रम, श्रुति और राधिका तीनों आज साथ में कॉलेज से निकलें। रास्ते में चलते - चलते उन्हें कुछ और दोस्त भी साथ चलने के लिए मिल गए। श्रुति और विक्रम बाकियों से कुछ पीछे होकर चल रहे हैं।

"सुदामा की चाय पीने चलेंगी? आज वैसे भी जल्दी छूट गए।"

"उम्म, चल चलते है। राधिका से भी पुछूं?"

"सिर्फ अपने दोनों चले?"

"ठीक है, अपने दोनों चलते हैं।"

"चल फिर, सुदामा इस तरफ है और इन्हें उधर जाना है।"

"हां, राधिका हम दोनों थोड़ी देर में आते हैं। मेस से मेरा खाना लेकर रख लेना।" - श्रुति ने अपनी आवाज़ तेज करते हुए कहा।

"अम राधिका, आज सौरव और महताब रात को लेट आयेंगे। वो अपनी क्लास के बच्चों के साथ कही घूमने गए है, तो मेरा भी खाना रख देना।" - विक्रम ने राधिका को जाते हुए कहा।

"हां, रख दूंगी। मजे करना।" - राधिका ने मुस्कुराकर कहा।

राधिका तेज चलकर वापिस अपने बाकी साथियों के साथ हो गई और विक्रम और श्रुति अपने रस्ते चले गए। कुछ देर में वे नॉर्थ कैंपस के मशहूर सुदामा चाय वाले की दुकान के सामने हैं। इसे एक संपूर्ण दुकान भी नहीं कह सकते, सड़क किनारे एक बाप - बेटा कुछ बर्तन, मसालें, कप आदि लेकर चटाई बिछाकर बैठते हैं। एक खास स्वाद की चाय बेचते हैं, पेपर कप में भी और कुल्हड़ में पीनी हो तो 5 रुपए अधिक। पीछे राम दरबार का चित्र लगा है जो अक्सर कैलेंडर आदि पर भी देखने को मिल सकता है और उसके नीचे लिखा है 'सुदामा चाय वाला'। विक्रम ने दो कप चाय का ऑर्डर दिया, कुछ भीड़ है तो उन्हें अपनी बारी आने का इंतज़ार करना होंगा। इंतज़ार करते हुए श्रुति वहा की 'स्नैप' बनाने लगी, उसे देखकर विक्रम ने भी एक क्लिप बनाई और उस पर 'बारी' गाना लगाकर और श्रुति को टैग करके इंस्टा स्टोरी लगा दी। कुछ देर में चाय तैयार कर के उनके हाथों में दी गई और वो दोनों फूंक मारते हुए उसे पी गए। हालांकि यह जगह देखने में कुछ खास नहीं लग रही है परंतु इसकी चाय का स्वाद वाकई अच्छा है संभवतः जिस ही के कारण यह इतनी प्रसिद्ध है कि विक्रम ने प्रयाग में भी सुदामा चाय वाले का नाम सुना हुआ था। चाय पीकर ये दोनों वापिस पी. जी. के लिए चलने लगें।

"तूने हैरी पॉटर मूवीज नहीं देखी हुई ना!" - श्रुति ने उसकी ओर देखते हुए कहा।

"देखी हुई है। नहीं, हां, नहीं देखी हुई।" - विक्रम ने हड़बड़ाते हुए कहा।

"चल आज देखें?"

"आज! तेरे पास पड़ी है?"

"मैं लैपटॉप में डाउनलोड कर लूंगी।"

"चल ठीक है फिर देखते हैं।"

"आज सौरव और महताब भी नहीं हैं तो तेरा कमरा भी खाली है।"

"हां, ये भी है।"

दोनों बातें करते हुए पी. जी. पहुंचते हैं जहा राधिका ने पहले से इनका खाना अलग रखा हुआ है। श्रुति और विक्रम श्रुति के कमरे में जाकर खाना खाते हैं। राधिका और नैना अपने - अपने बैड पर बैठे इन्हें देख रहे हैं और श्रुति से बात करने के लिए विक्रम के जाने का इंतज़ार कर रहे हैं।

"चलो, मैं अपने कमरे में जा रहा हूं।" - विक्रम ने अपना खाना खत्म करके श्रुति से कहा।

"हां, तू जा। मैं थोड़ी देर में लैपटॉप लेकर आती हूं।" - श्रुति विक्रम से कहती है।

विक्रम अपने कमरे के लिए निकल जाता है और नैना, राधिका मौका पाते ही श्रुति को पकड़ते हैं।

"के बात है मेडम!" - नैना निशाना साधती है।

"कुछ नहीं यार।" - श्रुति बचती हुई कहती है।

"लैपटॉप लेकर कहां जा रही है?" - नैना सीधा पूछती है।

"और किस लिए जा रही है?" - राधिका नैना के समर्थन में कहती है।

"तू अपने महताब को संभाल ले पहले। अभी तेरे से हौज़ खास वाला किस्सा पूछना भी रहता है, ठहर जा।" - नैना राधिका को भी लपेटती है।

"अरे यार, मैंने आज विक्रम के साथ हैरी पॉटर देखने का प्लैन बनाया है। इसलिए लैपटॉप लेकर जा रही हूं।" - श्रुति जवाब देती है।

"अच्छा, चल सही है जा।" - नैना बात खत्म करते हुए कहती है।

श्रुति थोड़े बाल वग्यारा सवारती है और अपना लैपटॉप लेकर विक्रम के कमरे में पहुंचती है। विक्रम को पिछली बार का श्रुति का आना याद है तो उसने आज कमरे को बिलकुल चकाचक करके रखा है। श्रुति बैड पर अपना लैपटॉप खोलती है और 'हैरी पॉटर एंड द फिलोसोफर्स स्टोन' चलाती है।

विक्रम, श्रुति लैपटॉप के सामने पास - पास होकर बैठ जाते हैं। विक्रम ने बीच में पीने के लिए कॉक रखी हुई है जिसे ये दोनों धीरे - धीरे पी रहे हैं। पहली मूवी पूरी करके विक्रम पॉपकॉर्न बनाकर ले आता है और फ्रिज से दूसरी कॉक निकाल लेता है और ये दोनों 'चैंबर ऑफ सीक्रेट्स' लगाकर बैठ जाते हैं।

"बढ़िया है ना?" - श्रुति विक्रम का हाथ पकड़ते हुए पूछती है।

"हां, अच्छी है।" (विक्रम श्रुति का हाथ पकड़े रहने देता है पर कोई प्रतिक्रिया नहीं देता।)

दूसरी मूवी पूरी होने तक रात के खाने का समय हो जाता है और इन दोनों को भूख भी लग रही होती है तो ये दोनों नीचे मेस में खाना खाने पहुंचते हैं। राधिका और नैना भी इनके पीछे - पीछे मेस में पहुंचती हैं। चारों जन खाना लेकर बैठते हैं।

"महताब और सौरव नहीं आए?" - राधिका विक्रम से पूछती है।

"नहीं, पता नहीं कहा रह गए। मैं फ़ोन करके पूछता हूं।"

विक्रम ने अभी खाना शुरू नहीं किया है तो वो सौरव को फ़ोन लगाने के लिए मेज से उठकर कुछ दूर जाता है।

"फिर हैरी पॉटर देख ली तुमने?" - राधिका श्रुति से पूछती है।

"हां, अभी पहली दो मूवीज देखी है।"

"हमें भी देखनी थी। हमने भी हैरी पॉटर नहीं देखी।"

"अरे पहले बताती, फिर तुझे भी साथ में दिखा देते।"

"मज़ाक कर रही हूं। हमने तो कई बार देख रखी है हैरी पॉटर।"

"देख तो उसने भी रखी है। वो भी मज़ाक ही कर रहा है।" (श्रुति ने हल्का शर्मिंदा और मुस्कुराते हुए कहा, उसे विक्रम की प्रतिक्रियाओं से सच पता लग गया था।)

"वाह बहन। तन्ने तो प्यार हो गया, लगता है।" - नैना श्रुति से कहती है।

"पता नहीं यार।" (श्रुति न इनकार करती न स्वीकार करती।)

"अरे सौरव और महताब आज नहीं आएंगे। वो आज अपने दोस्त के फ्लैट पर ही रुक गए हैं और कल कॉलेज के बाद ही वापिस आएंगें।" - विक्रम अचानक से आकर उन तीनों को बताता है।

"अच्छा, चल फिर बची हुई मूवीज भी आज रात को ही देख लेते हैं।" - श्रुति विक्रम से कहती है।

"हां, ठीक है।" - विक्रम हामी भरता है।

खाना खत्म करके श्रुति और विक्रम वापिस विक्रम के कमरे में जाते हैं। श्रुति लेपटॉप में 'प्रिजनर ऑफ अज़काबान' लगाती है और वो दोनों मूवी देखने लगते हैं। आराम करने के लिहाज़ से ये मूवी खत्म होने तक वो दोनों लेट जाते हैं और लैपटॉप अपने बीच में रख लेते हैं। इसके बाद 'गॉबलेट ऑफ फायर' लगाई जाती है जिसके खत्म होने तक सुबह के 2 बज जाते है। दोनों को नींद आ रही होती है पर दोनों ही बची हुई फिल्में देखना चाहते हैं। विक्रम नीचे जाकर जल्दी से कॉफी बनाकर लाता है और ये दोनों कॉफी पीते हुए 'ऑर्डर ऑफ फीनिक्स' चलाते है और उसके बाद 'हाफ - ब्लड प्रिंस' देखते हैं। यह मूवी खत्म करते - करते सुबह के 6 से ऊपर समय हो जाता है।

"चल, मैं अपने कमरे में जाकर कुछ देर सो जाती हूं। बाकी दोनों मूवीज़ आज शाम को देखेंगे।"

"हां ठीक है, अभी मैं भी सो जाता हूं। फिर कॉलेज जाएंगी?"

"हां, 12 बजे तक जाऊंगी। बस 1 क्लास लगानी है।"

"चल मैं भी तेरे साथ 12 बजे तक चलूंगा।"

"हां ठीक है।"

श्रुति अपने कमरे में चली जाती है जहां राधिका और नैना सो रहे होते हैं। श्रुति बिना आवाज़ करे अपने बिस्तर पर लेट जाती है और विक्रम के बारे में सोचते हुए उसे नींद आ जाती है। वो उठती है तब तक नैना अपने कॉलेज जा चुकी होती है और राधिका भी बस निकल रही होती है। श्रुति तैयार होकर नीचे विक्रम को फ़ोन करती है और वो दोनों कॉलेज जाते हैं। वो दोनों राधिका के साथ कॉलेज से वापिस आते हैं, तब तक सौरव और महताब भी आ चुके होते हैं और नैना के साथ मेस से खाना ले रहे होते हैं। ये तीनों भी मुंह - हाथ धोकर नीचे आते हैं और अपना - अपना खाना लेकर उन तीनों के साथ बैठ जाते हैं।

"तुम सब हैरी पॉटर एंड द डेथली हालोज देखाेॕंगे?" - श्रुति सभी से पूछती है।

"हां देखते हैं।" - सौरव कहता है।

"हां देखेंगे।" - नैना कहती है।

सभी जन खाना खत्म करके लड़कियों के कमरे में जाते है और श्रुति आखिरी दो फिल्में एक - एक करके लगाती है। राधिका पॉपकॉर्न बना लाती है और नैना कोल्डड्रिंक्स लेकर आती है। ये मूवी खत्म होने तक रात के खाने का समय हो जाता है। सभी जन बातें करते हुए साथ में नीचे मेस में पहुंचते हैं और खाना खाने बैठते हैं।

जिस दिन इन सब ने बैडमिंटन खेला था, तब ही से सौरव नैना को कही घूमने ले जाने के लिए पूछना चाहता है पर सामने से कोई सकारात्मक सांकेतिक प्रतिक्रिया न आने और अपने डर के

कारण वह पूछने से बार - बार बच रहा है। आज हैरी पॉटर देखते समय नैना कोल्डड्रिंक लेकर आके सौरव के साथ ही बैठी थी तो उसे लगा कि अब कुछ बात बढ़ाई जा सकती है। रात का खाना खाकर ये 6 जन सैर करने पास वाले पार्क में जाते हैं। विक्रम श्रुति के साथ सबसे आगे चल रहा होता है, महताब और राधिका उनके पीछे, और सौरव जान बूझकर नैना के साथ चलते हुए रफ्तार थोड़ी धीमी रखता है ताकि उनमें और बाकियों में थोड़ा फासला बढ़ जाए।

"तू हिंदू कॉलेज में है ना?" - सौरव बात शुरू करने के लिए यह सवाल करता है।

"हां, और तू रामजस में है ना?"

"हां, मैं रामजस से बी. ए. कर रहा हूं। तेरा क्या कोर्स है?"

"मैं बी. कॉम. कर रही हूं।"

"अच्छा, क्लासेज़ कैसे चल रही है?"

"वैसे तो बढ़िया चल रही है यार पर मैं ही बंक बहुत करती हूं।"

"हां, सभी करते हैं। हमारे रामजस में तो प्रोफेसर भी कर लेते है कई बार।" (सौरव हंसते हुए कहता है।)

"अच्छा।" (नैना भी हंसने लगती है।)

"तू कल क्या कर रही है?"

"कल यार सन्डे है तो सुबह तो कपड़े धोऊंगी, क्यूं?"

"कल शाम को घूमने चलेगी?"

"कहां?"

"डियर पार्क चले? महताब बता रहा था कि बढ़िया जगह है।"

"उम्म् ठीक है, चलेंगे। राधिका भी बता रही थी डियर पार्क के बारे में।"

"हां, वो दोनों गए थे तब तो बारिश आ गई थी।"

"हां पर कल तो मौसम क्लियर बता रहे है। कोई दिक्कत नहीं होगी।"

"अच्छा।"

राउंड खत्म होने वाला होता है और वो 6 अपना ग्रुप बनाकर पार्क से निकलकर वापिस आस - पास होकर चलने लगते हैं।

अपने कमरे में पहुंचकर नैना थोड़ी विचलित - सी नजर आती है। उसे अपने एक्स करण के धोखे की याद आती है। कल सौरव के साथ घूमने के लिए उसने हामी भी भर दी और उसका मन भी है पर उसे किसी और झमेले में नहीं पड़ना। वह दिल्ली में स्थानांतरण करते समय ही मन में निश्चय कर चुकी थी कि अब उसे किसी प्यार - व्यार के चक्कर में नहीं पड़ना।

"क्या हो गया तुझे? कहां खोई है?" - श्रुति नैना को कुछ परेशान - सा देखकर पूछती है।

"कुछ नहीं यार। कल सौरव के साथ डियर पार्क जाने का प्लान बना है पर मुझे अकेले जाना अजीब लग रहा है।"

"अरे कुछ नहीं होता, आराम से जा।"

"हूं।" - नैना धीमी सी आवाज़ में कहती है।

"अच्छा सुन, मैं भी चलु साथ में! फिर ठीक है?"

"उम्म, हां तू भी चल।"

"और तू चलेगी राधिका?" - श्रुति राधिका की ओर मुड़ते हुए पूछती है।

"नहीं यार, हम अभी कुछ दिन पहले ही गए थे और वैसे भी हमे कल पढ़ाई करनी है।"

"चल ठीक है, मैं विक्रम से पूछ लूंगी।"

"हां, तू और विक्रम भी साथ चलना।" - नैना श्रुति से कहती है।

सोते समय श्रुति विक्रम को मैसेज करती है।

"कल सौरव और नैना का शाम को डियर पार्क जाने का प्लैन बना है और मैं भी साथ जा रही हूं। तू भी चलेगा?"

"हां चलूंगा।" - विक्रम हाथोंहाथ जवाब भेजता है।

"ठीक है, बढ़िया।"

इतना मैसेज करके वह ऑफलाइन होकर सो जाती है। उधर सौरव का नैना के पास मैसेज आता है।

"हे, क्या कर रही है?"

"सो रही हूं।"

"अच्छा।"

"कल श्रुति और विक्रम भी अपने साथ चलेंगे। ठीक है?"

"हां, ठीक है।"

"हूं, चल बाय।"

"हां, बाय।"

अगले दिन सुबह नैना को कपड़े धोते - धोते मेस का समय हो जाता है। श्रुति और राधिका भी उसका इंतज़ार करते हुए खाना खाने देरी से जाते हैं। सौरव, विक्रम और महताब समय से अपना खाना खाकर चले जाते हैं, उसके बाद श्रुति, राधिका और नैना पहुंचती हैं। शाम को 5 बजे के करीब नैना सौरव को फ़ोन करती है।

"हेलो।"

"हेलो नैना।"

"हां, चले हौज़ खास?"

"हां, चलते है। बस विक्रम को 2 मिनट लगेगी।"

"ठीक है। मैं और श्रुति नीचे जा रहे हैं। तुम दोनों आ जाना।"

"ठीक है, जाओ। हम आते हैं।"

सौरव और विक्रम आराम से टहलते हुए नीचे आते है जहां नैना और श्रुति 5 मिनट से उनका इंतज़ार कर रही होती हैं। चारों जन फिर मेट्रो से हौज़ खास जाते हैं और वहां से पैदल चलते हुए डियर पार्क पहुंचते हैं। डियर पार्क पहुंचने तक 6 बज जाते है और थोड़ा अंधेरा छाने लगता है। चारों जन अंदर जाकर कुछ देर

घूमते हैं। दो जोड़े बंट जाते हैं, विक्रम और श्रुति आगे - आगे चलते हैं और सौरव, नैना पीछे - पीछे। सभी हिरणों को देखते हैं। हिरण जालीदार परिसिमा के अंदर होते हैं, उन्हें कुछ खिलाने या किसी भी प्रकार से आक्रांतित करने पर सख्त पाबंदी है।

"वो देखो, वहां।" - श्रुति विक्रम की ओर लक्ष्य करके सभी का ध्यान आगे कुछ गाना बजाना कर रहे नौजवान युवकों की ओर करती है।

"म्यूजिक चल रहा है, आ जाओ हम भी चलें।" - सौरव नैना की ओर देखते हुए सभी से कहता है।

सभी उन युवकों के पास पहुंचते हैं जहां पहले से ही काफी भीड़ एकत्रित हो चुकी है। "काली काली जुल्फों के फंदे ना डालो, हमें जिंदा रहने दो ऐ हुस्न वालों", चार जन मिलकर यह कव्वाली गा रहे हैं और उनमें से एक साथ - साथ गिटार भी बजा रहा है। विक्रम उस्ताद नुसरत फतेह अली खान का बहुत बड़ा प्रशंसक बन चुका है और इस गाने को पहले से ही बहुत पसंद करता है, अतः वो यहां पर इसे इस प्रकार बजते देख बहुत खुश होता है। श्रुति भी विक्रम के साथ गाने का मजा ले रही होती है। गौरतलब होता है कि नैना इस गाने को बहुत संजीदगी से सुनती है, उसकी भाव - मुद्रा गंभीर हो जाती है। ऐसा लगता है मानो वो गाने में पूरी खो चुकी हो।

कुछ देर वहां रुककर वो सब आगे बतख लेक की तरफ जाते हैं। वो रास्ते में शेड में रुकते हैं जहां कुछ युवक गाने चलाकर कैलिस्थेनिक्स स्टंट का अभ्यास कर रहे होते हैं। उनके करतब अचंभित कर देने वाले होते हैं, बिलकुल पेशेवर नौजवान जैसे। सभी जन वहां कुछ देर रुकते हैं और फिर बतख लेक घूमकर

वापिस पी. जी. के लिए निकल जाते हैं। मेट्रो में नैना और श्रुति साथ में लड़कियों के लिए आरक्षित सीट पर बैठती हैं और विक्रम, सौरव उनसे कुछ दूर होकर खड़े होते हैं।

"तुम्हें सौरव कैसा लगता है?" - श्रुति धीमी आवाज़ में नैना से पूछती है।

"सौरव अच्छा है पर मुझे इन सब चीज़ो में इंटरेस्ट नहीं है।"

"हूं, चल जैसी तेरी मरजी।"

नैना कुछ नहीं कहती और गुमसुम - सी हो जाती है।

(15)

दिल्ली में आने के बाद से विक्रम केवल एक बार राखी पर घर गया था। उस बात को भी अब लगभग 3 महीने पूरे होने वाले हैं। राखी पर घर जाने के वक्त उसको पूरे लाड से रखा गया था। वह पहली बार इतने दिनों तक अकेला बाहर रहकर आया था। उसके पापा और उसकी बड़ी बहन शिवानी उसे गाड़ी में स्टेशन पर लेने आए थे। रास्ते में उसका हाल - चाल पूछा, घर पर पहुंचा तो उसकी मम्मी ने उसके पसंद का खाना बना रखा था। दिल्ली में एकाएक परायापन देखकर आ चुके विक्रम के लिए यह अपनापन और आत्मीयता द्रविभूत कर देने वाली थी। विक्रम को दिल्ली में भी कथित तौर पर किसी बड़ी समस्या का सामना नहीं करना पड़ा परंतु इस अवकाश में वह घर का लाड - प्यार एक बार के लिए भूल - सा गया था या शायद ऐसा लाड - प्यार उसे

जीवन में पहली बार ही अनुभव करने को मिला था क्योंकि पहले घर पर रहते हुए यह उसके जीवनयापन का एक आम अंग था जो कि अब उसे किसी पुरुस्कार स्वरूप में मिल रहा था।

पहली बार अकेले रहने पर व्यक्ति को धीरे - धीरे अपनी स्वतंत्रता का एहसास होता है। उसे धीरे - धीरे ही यह मालूम पड़ने लगता है कि उसके फैसले अब संपूर्ण रूप से उसके है, उसकी गलतियों का दारोमदार उसी पर आएगा और उसकी मेहनत का सुखद फल भी उसी को मिलेगा। अब उसे पराए लोगों में ही अपना परिवार बनाना होता है। आवश्यकताएं लोगों को जोड़ने की प्रमुख कड़ी बनती है। घर से आने वाली सीमित राशि ही उसका खर्चा होती है, उसी में वह बचत कर सकता है और उसी में ऐश। कपड़े धोने, खाना बनाने जैसी कुशलताएं सही मायने में लिंग - तटस्थ मालूम होती हैं। यह जीवनयापन के लिए मौलिक योग्यताएं बनकर सामने खड़ी होती हैं। पी. जी. में जीवनयापन तुलनात्मक तौर पर फिर भी आसान होता है। यहां आपके साथ के लोग मिल जाते हैं, कुछ काम न आने पर या किसी चीज की आपूर्ति न होने पर भी वे एक दूसरे के सहारे काम चला सकते हैं। अधिकतर पी. जी. में खाना भी मिलता है और आप चाहे तो कपड़े लॉन्ड्री से धुलवाकर वही प्रेस भी करवा सकते है। ख़ैर, विक्रम और उसके पी. जी. के अधिकतर बच्चे तो अपने कपड़े स्वयं ही धोते हैं और इसमें विक्रम को कोई समस्या भी नहीं है। घर पहुंचकर उसे फिर से एक बार लाट साहब वाला एहसास हुआ। अपने आप मम्मी कमरे में खाना ला देती। नहाकर अलमारी की ओर ताकना नहीं पड़ता कि कौनसे कपड़े धोने हैं और कौनसे पहनने हैं। पैसों की कोई समस्या नहीं। ए. सी. चलाते

वक्त मन में बिजली के बिल की चिंता नहीं आती, हां जो उसकी मम्मी चिल्लाती है वह अलग बात है।

राखी पर घर पहुंचते ही वह सबसे पहले अपने बिस्तर पर जाकर लेटा आराम करने के लिए। पी. जी. के बिस्तर में ऐसा सुकून नहीं था। कुछ देर में उठकर उसने खाना खाया और शाम को अपने मित्रों को बुलाकर पार्क में घूमने के लिए गया। अगले दिन सुबह राखी का मुहूर्त था। शिवानी ने विक्रम को राखी बांधी, तिलक किया और मिठाई खिलाई। विक्रम ने अपनी मम्मी से लेकर उसे 500 रुपए दिए और अपनी तरफ से उसे एक डेयरी मिल्क चॉकलेट दी जो वह कल शाम को ही याद से लाया था। आज सुबह उसे अचानक घर की याद आने लगी और वह यह राखी का समय याद करने लगा। 1 - 2 दिनों में विक्रम और लगभग बाकी सभी घर जाएंगे, दिवाली आने वाली है।

दोपहर में मेस में सभी जन इक्कट्ठे हुए। दिवाली का अवकाश और घर जाना ही लगभग सभी के वार्तालाप का प्रमुख विषय है। कुछ बच्चें जिनका रूट एक ही है, वे साथ में जाने की योजना बना रहे हैं।

"तू घर जाएगी दिवाली पर?" - विक्रम ने श्रुति को लक्षित करते हुए यह विषय शुरू करने के लिए समूह में प्रश्न रखा।

"हां, मेरी कल दोपहर की ट्रेन है। तुम सब कब जा रहे हो?" - श्रुति ने सभी से प्रश्न किया।

"मेरी कल सुबह की ट्रेन है।" - विक्रम ने कहा।

"मैं भी कल सुबह निकलूंगा।" - सौरव

"और हम शाम को।" - महताब

"हमारी भी कल शाम की फ्लाइट है।" - राधिका

"मेरा कुछ कॉलेज का काम रहता है, फिर कल दोपहर का खाना खाकर निकल जाऊंगी। मुझे तो यही मेट्रो से जाना है, आगे पापा गाड़ी भेज देंगे; चाहे जब मर्जी निकल जाऊ।" - नैना ने कहा।

"हूं, गुड़गावां वालों का तो सही है, बस यैलो लाइन पकड़ो और 2 घंटे से कम में घर।" - सौरव ने कहा।

"हां, ये तो है।" - नैना

"चलो, मजे आएं..।" (विक्रम कहते - कहते अचानक राधिका की ओर देखकर रुक गया।)

"हां तुम सब मजे करना। हमें भी अपनी फैमिली से मिलकर बहुत अच्छा लगेगा।" - राधिका ने कहा।

"मैं तुम्हारे लिए घर से सोन पापड़ी लेकर आऊंगी।" - नैना ने सभी से कहा।

"ठीक है, चलो अब पैकिंग करते हैं आज।" - विक्रम ने कहा।

"हां, आज पैकिंग करनी पड़ेगी।" - श्रुति ने उठते हुए कहा।

सभी खाना खाकर उठें और अपने - अपने कमरे में पहुंचें। विक्रम और सौरव ने अलमारी से अपने कपड़ें निकालकर कुछ अन्य सामान के साथ बिस्तर पर पैकिंग के लिए रखें। महताब फ़ोन लेकर आराम से लेटा हुआ है, वह कल पैकिंग करेगा। श्रुति, राधिका और नैना तीनों अपनी - अपनी पैकिंग में मसरूफ़ हैं। तीनों सामंजस्य बनाकर एक - दूसरे की मदद भी कर रही हैं

जैसा कि विक्रम और सौरव की पैकिंग में बिलकुल भी देखने को नहीं मिल रहा। दोनों यदि एक - दूसरे के रस्ते में आ भी रहे है तो केवल एक - दूसरे का काम बढ़ाने के लिए।

"अरे विक्रम, ये अंडरवियर मेरी है।" - सौरव इशारा करते हुए कहता है।

"अरे नहीं, मेरी है।"

"भाई वो देख एक सुराख वाली मेरी है।"

"ये तो इसमें पिछले हफ्ते ही धोने के बाद हुआ है भाई।"

"चल ठीक है, तू रख ले। मेरी चड्डी, तेरी चड्डी।"

एक चीज जो लड़के और लड़कियों, दोनों की पैकिंग में सामान्य है, वह ये कि सबकी पैकिंग में अधिकतर कपड़ें मैले ही हैं जो ये घर जाकर धुलवाएंगे। सबने लगभग 2 - 3 हफ्ते से अंतर्वस्त्रों को छोड़कर बाकी कपड़े धोने बंद कर रखे हैं क्योंकि सभी को घर जाने का इंतज़ार था। शाम तक सभी ने अपनी - अपनी पैकिंग पूरी की।

(16)

विक्रम रात को ही अलार्म लगाकर सोया पर सुबह उसके बजने और सूरज निकलने से पहले उठ गया। अलार्म मगर व्यर्थ नहीं हुआ, उसने सौरव को उठाकर अपना प्रयोजन पूर्ण किया। इनका शोर सुनकर कुछ देर में महताब भी उठ गया। विक्रम सबसे

पहले वंदे भारत ट्रेन पकड़ने के लिए स्टेशन के लिए निकला, सौरव आराम से बाद में नाश्ता करके गया। विक्रम की सामने वाली बर्थ पर भी एक प्रयागराज जा रहा डी. यू. का छात्र बैठा है।

"और भाई, प्रयाग में कहा रहते हो?" - विक्रम ने उस लड़के से पूछा।

"हम भाई चौक घंटाघर के पास, और तुम?"

"हम वहां से कुछ दूर शर्मा हलवाई के साथ वाली गली में।"

"अच्छा, वैसे कौनसे कॉलेज से हो?"

"हम हंसराज से है भाई और तुम?

"हम रामजस से है।"

"अच्छा, क्या कर रहे हो?"

"हम बी. ए. कर रहे हैं और तुम?"

"क्या बात है! हम भी बी. ए. ही कर रहे है।"

"अरे बढ़िया।"

"और तुम्हारी क्लास का माहौल कैसा है?"

"कैसा? पढ़ाई का या वैसे?"

"पढ़ाई का नहीं, वैसे।"

"वैसे यार ठंडा ही हाल है, कॉलेज में तो ठीक है पर क्लास में कुछ खास नहीं। और तुम्हारा क्या हाल है?"

"हमारा भी बिलकुल यही हाल है भाई, क्लास में कुछ खास नहीं है। हां, एक लड़की अच्छी दोस्त है पर उसके साथ वैसी कोई बात नहीं है।"

"ओह। तुम दिल्ली में रहते कहां हो?"

"हम कमला नगर के पी. जी. में रहते है, हमारे साथ के दोनों रूममेट्स रामजस से बी. ए. कर रहे हैं।"

"अच्छा, क्या नाम है उनका?"

"सौरव और महताब, तुम जानते हो?"

"नहीं, मैं नहीं जानता।"

"हां, वो दोनों ज्यादा फेमस नहीं है। वैसे तुम कहां रहते हो दिल्ली में?"

"हम फ्लैट में रहते है अपने और क्लासमेट्स के साथ।"

"अच्छा, बढ़िया है।"

कुछ देर में बातें करते - करते दोनों ने अपने मोबाइल निकाल लिए। रास्ते में एक स्टेशन पर चाय, समोसा आदि बेचने वाले आए। सामने वाली बर्थ के लड़के ने एक चाय, समोसा लिया पर विक्रम ने रास्ते भर कुछ नहीं खाया। दोपहर बाद उनकी ट्रेन प्रयागराज पहुंची। स्टेशन पर विक्रम के पापा उसे बाइक पर लेने आए। घर पहुंचकर विक्रम ने सुकून की सांस ली। अपने शहर की हवा की खुशबू ही और है। घर पहुंचने पर उसकी मम्मी और उसकी बहन शिवानी उसकी राह देख रहे होते हैं। पहुंचते ही उसका हाल - चाल पूछा गया, सबसे पहले उसने मुंह - हाथ

धोकर खाना खाया और फिर कुछ देर टी. वी. देखकर आराम किया।

शाम को वो अकेला पार्क गया। वहां उसे अचानक से मंजू दिखी, वह कुछ दूरी पर अकेले सैर कर रही है। स्कूल छूटने के बाद से उसने मंजू को नहीं देखा था। उसे अचानक देखकर विक्रम के दिल में एक चीर - परिचित एहसास जगा। उसे स्वयं में बीते दिनों के विक्रम जैसा एहसास होने लगा, दिल्ली में जो कुछ भी उसने अपने जज़्बातों में बढ़त पाई थी सब एक पल में उड़ता हुआ दिखाई पड़ा। विक्रम असमंजस में है कि मंजू के पास जाए या नहीं, और जाए तो कैसे जाए। वह आखिर सब दुविधाओं को अपने मन से हटाता है और भागता हुआ मंजू के पास पहुंचता है, पीछे से उसकी पीठ पर हल्के हाथ से थपकी करता है और मंजू पीछे मुड़ती है। मंजू अचानक विक्रम को देखकर हक्की - बक्की रह जाती है। उसके चेहरे पर आश्चर्य और खुशी साफ दिखाई पड़ रही है और वह उसे छिपाने का कोई प्रयास भी नहीं करती। उसका शरीर सहज प्रवृत्ति से उससे गले मिलने को बढ़ता है पर वह स्वयं को नियंत्रण में करती है और अपना हाथ आगे बढ़ाती है। विक्रम को अब भी याद है कि उसने आखिरी बार मंजू से हाथ 11वी के अंत में मिलाया था और वही उनका आखिरी स्पर्श था। वह इस मौके पर बिना कोई देरी किए अपना हाथ आगे बढ़ाता है। वे एक बार को अपनी सुध - बुध उस क्षण में भूल से गए थे। लगभग 5 सेकंड तक हाथ मिलाने के बाद वे दोनों कुछ होश संभालते हैं और थोड़ा - सा दूर हटते हैं।

"हाय, तू कब आया?" - मंजू असमंजस भरी नजरों के साथ विक्रम से पूछती है।

"आज दोपहर में ही आया।"

वे दोनों बातें करते - करते चलने लगते हैं।

"अच्छा। तूने दिल्ली यूनिवर्सिटी में एडमिशन लिया है ना, जाते वक्त तुझसे बात ही नहीं हो सकी।"

"हां, डी. यू. में हूं और तू इलाहाबाद यूनिवर्सिटी में, हैना?" (जाते वक्त बात तो हो जाती बल्कि मैं तो तड़प रहा था पर तूने ही मुझे हर मुमकिन तरफ से दूर कर रखा था, ऐसा विक्रम मन ही मन सोचता है।)

"हां, मुझे भी डी. यू. में जाना था पर मेरे नंबर भी इतने अच्छे नहीं आए, फिर घर वालों ने कहा कि इलाहबाद यूनिवर्सिटी भी क्या बुरी है।"

"हां, ए. यू. भी यूं तो अच्छी ही है। और तू ठीक है?" (विक्रम की आवाज़ ये आखिरी वाक्य बोलते हुए बैठ जाती है, वो थोड़ा भावुक हो जाता है।)

"हां, मैं ठीक हूं। तू दिल्ली में सैट हो गया सही से?"

"हां, मैं तो आराम से सैट हो गया।"

"दोस्त वग्यारा भी बन गए होंगे अब तक तो?"

"हां, कॉलेज में भी कुछ दोस्त है पर उससे ज्यादा अच्छे दोस्त मेरे पी. जी. में बने हैं।"

"कौन?"

"2 तो मेरे रूममेट ही है, सौरव और महताब वो दोनों रामजस कॉलेज से है और उसके अलावा श्रुति, राधिका और नैना है, वो तीनों भी आपस में रूममेट्स हैं।"

"ओह! तेरे पी. जी. में लड़कियां भी हैं!"

"हां, पहले 2 फ्लोर लड़कियों के हैं और ऊपर के तीन हमारे लड़कों के।"

"अच्छा। देख ट्वेल्थ में हम अलग हो गए तो तेरे नंबर कितने अच्छे आए ना!" (इतना कहते ही मंजू भी थोड़ी भावुक हो जाती है।)

"हां नंबर अच्छे आए पर अलग ना भी होते तो भी अच्छे आ जाते।" (विक्रम के मन में पुराना दबा गुस्सा उबरा।)

"हूं शायद।" (ऐसा लगा कि मंजू उस प्रकार अलग होने के लिए शर्मिंदा है।)

"चल कोई बात नी, जो होना था सो वैसा ही हो गया। तू बता, कॉलेज कैसा चल रहा है तेरा?"

"ठीक चल रहा है यार, मैं तो घर पर ही हूं तो पुराने दोस्त ही अभी तक साथ हैं।"

"हां, मेरी भी 1 - 2 से बात हो जाती है फ़ोन पर।"

दोनों ने ऐसे ही बातें करते - करते लगभग 1.5 घंटा सैर की। दिन ढल चुका है और वक्त बढ़ता देख विक्रम ने मंजू से चलने के लिए कहा। मंजू को भी समय का ख्याल आया, वह अभी रुकना और अन्य बातें भी करना चाहती है पर वक्त का तकाज़ा उसी पर

अधिक है। उसने चलने के लिए हामी भरी और वो दोनों पार्क से निकलें। रास्ते में दोनों अलग हो गए और अपने - अपने घर के लिए निकलें।

विक्रम रात को सोते समय मंजू के बारे में सोच रहा है, उसे ऐसा लग रहा है मानो उसके सीने पर से कोई बोझ हल्का हो गया। आज मंजू से मिलकर उसे यह यकीन हो गया कि वह अब उससे प्यार नहीं करता, साथ ही उसे अपनी पुरानी दोस्त वापिस मिलने की खुशी भी है। कुछ देर में श्रुति की याद विक्रम के सब ख्यालों पर हावी हो जाती है। उसे ऐसा लगने लगता है कि उसे श्रुति से प्यार हो गया। उसका श्रुति को मैसेज करने का मन करता है पर फिर सोचता है कि कल छोटी दिवाली पर ही बधाई का मैसेज कर देगा। उधर श्रुति अभी ट्रेन में ही है और बस पहुंचने वाली है। उसका भी मन किया कि रास्ते में विक्रम से चैटिंग कर ले पर उसने भी अपने मन को दबाया और सोचा कि कल छोटी दिवाली पर ही बधाई भी दे देंगी और बात भी कर लेगी।

(17)

आज सुबह 10 बजे के करीब विक्रम ने श्रुति को मैसेज किया, "हैप्पी छोटी दिवाली"। श्रुति इस समय उठी नहीं है पर उसने उठते और मैसेज देखते ही 11 बजे के करीब रिप्लाई किया, "हैप्पी छोटी दिवाली टू यू टू" और फिर एक दिवाली का स्टीकर भेजा। विक्रम मोबाइल ही चला रहा है तो उसने हाथोंहाथ श्रुति को रिप्लाई किया।

"उठ गई?"

"हां यार, आज लेट हो गई थोड़ा। रात को देर से पहुंची थी, फिर काफी देर मम्मी, पापा और छोटे भाई से बातें की तो सोने में और भी देर हो गई।"

"अच्छा! मैं तो आते ही खाना खाकर सो गया था और उठकर शाम को पार्क चला गया।"

"हूं, मेरा भाई सारांश तो मेरा सिर खा जाता हैं।"

"छोटे भाई होते ही ऐसे है।"

"हां यार।"

"आज शाम से दिवाली मनाएंगे फिर।"

"हां, मैं भी सारांश के साथ पटाखें फोड़ूंगी।"

"बढ़िया है।"

"तूने बाकी चारों को दिवाली का मैसेज किया अब तक?"

"नहीं, अभी तक नहीं किया। तूने किया?"

"नहीं, मैंने भी नहीं किया। एक काम कर।"

"क्या?"

"एक ग्रुप बना ले अपने छ: दोस्तों का। उसी में मैसेज कर देंगे और बातें भी कर लेंगे।"

"हां, ये अच्छा आइडिया है। मैं बनाता हूं ग्रुप।"

विक्रम एक व्हाट्सएप ग्रुप बनाता है और उसमें श्रुति और अन्य चारों को जोड़ता है। फिर ग्रुप में चैटिंग शुरू होती है।

"हैप्पी दिवाली" - श्रुति

"हैप्पी दिवाली एवरीवन" - विक्रम

"हैप्पी दिवाली सभी को" - सौरव

"हैप्पी दिवाली टू ऑल" - नैना

"हैप्पी दिवाली गाइज" - राधिका

"हैप्पी दिवाली टू ऑल माई डियर फ्रेंड्स। मे गॉड कीप यू इन गुड हैल्थ। मे दिस दिवाली ब्रिंग जॉय एंड प्रोस्पेरिटी टू यू एंड यॉर फैमिली।" - महताब

"थैंक्यू महताब पर बस कर भाई।" - नैना

"आप सभी का मंगल ही मेरी कामना है।" - महताब

"तुम्हारा भी मंगल हो महताब।" - राधिका

"तुम दोनों ठीक हो ना, महताब और राधिका!" - सौरव

"एक्जाक्टली" - नैना

"हां बिलकुल मजे में है, तुम बताओ कैसे हो?" - महताब

"हम तो अच्छे ही हैं भाई।" - सौरव

"सभी आराम से घर पहुंच गए? कोई परेशानी तो नहीं हुई?" - विक्रम

"नहीं, मैं तो एक दम मजे में पहुंचा।" - महताब

"मैं भी आराम से पहुंच गई। एयरपोर्ट पर पापा लेने आ गए थे।" - राधिका

"मुझसे तो मत ही पूछो। पहले मेट्रो, फिर गाड़ी, फिर घर। दिक्कत का सवाल ही नहीं आता।" - नैना

"मैं भी आराम से पहुंच गई। पहली बार दिल्ली से अकेले ट्रेन में आई थी पर कोई खास समस्या नहीं हुई। स्टेशन पर पापा पहले से मेरी वेट कर ही रहे थे।" - श्रुति

"मुझे थोड़ी प्रॉब्लम हुई बट इट्स ओके, आई मैनेज्ड।" - सौरव

"भाव ना खा, क्या हुआ बता।" - नैना

"वो मुझे स्टेशन पहुंचने में थोड़ी देर हो गई थी। एकदम.भागते हुए सीढ़ियों से उतरकर ट्रेन पकड़ी और ट्रेन में चढ़ते वक्त पैर में थोड़ी खरोच लग गई और खून आने लगा।" - सौरव

"ओह, फिर क्या किया?" - नैना

"फिर मेरे पास मेरा साफा था, उसी से जख्म को बांधा और खून रोका।" - सौरव

"साफा क्या होता है?" - श्रुति

"अरे गमछा बहन।" - नैना

"फिर मेरे साथ में एक अंकल, आंटी बैठे थे और सामने भी एक कपल था। रास्ते भर उनकी बातों से मैं पक गया बिलकुल।" - सौरव

"बहुत माड़ी हुई तेरे साथ तो।" - नैना

"अब तो ठीक है ना भाई?" - महताब

"हां, अब तो एकदम मजे में हूं।" - सौरव

"फिर ठीक है।" - महताब

"आज मैं रंगोली बनाऊंगी, और कोई बनाएगा?" - श्रुति

"हां, मैं बनाऊंगी शाम को।" - नैना

"मैंने भी अपनी बहन शिवानी को रंग लाकर दिए है। वो शाम को बनाएगी।" - विक्रम

"मेरी मम्मी रंगोली बनाने वाली है पर मुझे साथ में जबरदस्ती हेल्प करवानी पड़ेगी।" - महताब

"करवा दियो, अच्छी बात है।" - नैना

"हां, मम्मी की हेल्प करवानी ही चाहिए।" - सौरव

"और घर पहुंचकर मजा आ रहा है?" - श्रुति

"हां, मैं तो कल शाम को अपने यहां के दोस्तों से मिल के आया। बहुत बढ़िया लगा।" - सौरव

"मैं कल शाम को पार्क गया था। प्रयागराज की हवा में जो बात है, वो दिल्ली में नहीं है।" - विक्रम

"मेरा तो अब वापिस दिल्ली पी. जी. में जाने का मन ही नहीं कर रहा।" - नैना

"मेरा भी यार, घर पर कितना आराम और सुकून है।" - श्रुति

"हां, एक्जेक्टली।" - नैना

"लगता है राधिका और महताब ऑफलाइन हो गए।" - श्रुति

"हां, बहुत देर से मैसेज नहीं आ रहा उनका।" - नैना

"मैं भी चलती हूं यार। अभी उठी ही हूं और उठते ही फ़ोन लेकर बैठ गई, मम्मी मारेगी।" - श्रुति

"हां, जा।" - नैना

"बाय श्रुति।" - विक्रम

"बाय श्रुति।" - सौरव

"बाय टू ऑल।" - श्रुति

"तुम दोनों पटाखे बजाओंगे शाम को?" - नैना

"हां बजाएंगे न, क्यूं? तू नहीं बजाएंगी?" - विक्रम

"नहीं, मैं नहीं बजाती पटाखें।" - नैना

"क्यूं?" - विक्रम

"वैसे ही यार, मैं पहले बजाती थी पर पिछले तीन - चार सालों से छोड़ दिए।" - नैना

"अच्छा। चल फिर इस बार मैं भी नहीं बजाऊंगा पटाखें।" - सौरव

"अरे बावला है क्या! तू क्यों नहीं बजाएगा! तू बजाएगा पटाखें।" - नैना

"चल ठीक है, वैसे भी ना बजाता तो लाए हुए पटाखे वेस्ट हो जाते।" - सौरव

"चलो गाइज, मैं भी खाना खाने जा रहा हूं, बाय।" - विक्रम

"हां, बाय।" - सौरव

"बाय विक्रम।" - नैना

"सभी चले गए।" - सौरव

"हां, मैं भी जा रही हूं। मम्मी बुला रही है।" - नैना

"ठीक है, बाय।" - सौरव

"बाय" - नैना

राधिका के परिवार में इस साल उसकी मम्मी के गुजर जाने के कारण दिवाली या कोई भी त्योहार नहीं मनाना है। केशव (जो हर वर्ष दिवाली के लिए 2 हफ्ते पहले से उत्सुक होता है) ने भी इस बार दिवाली मनाने के विषय में कुछ नहीं कहा। शाम को राधिका, मुरली और केशव गंगा घाट के पास सैर करने गए जो पूर्णतः दीपमाला से प्रज्वलित है। बाकी सभी के घरों में रात को दीप प्रजवल्लन हुआ और रंगोलियां बनाई गई। विक्रम ने अपनी बहन शिवानी के साथ अपने मौहल्ले में पटाखें बजाए, महताब ने अपने पापा के साथ पटाखें फोड़े, सौरव ने अपने दोस्तों के साथ कही बाहर पटाखे फोड़े, श्रुति ने अपने भाई सारांश और परिवार के साथ फुलझडियां, फिरकी, अनार, रॉकिट, मुर्गाछाप आदि छोटे पटाखें बजाए। रात को सब ने सोने से पहले 12 बजे ग्रुप में हैप्पी दिवाली के मैसेज भेजे, अपनी दिवाली की कुछ तस्वीरें सांझा की और कुछ देर बातें करके सब सोने गए।

अगली सुबह विक्रम जल्दी उठ गया। घर के आराम और दिवाली की खुशी से उसके चेहरे पर चमक साफ दिखाई पड़ रही है। वह सुबह नाश्ता करके बाइक पर अपनी मम्मी के साथ दिवाली की पूजा आदि का सामान लेने बाज़ार गया। बाज़ार में अपेक्षाकृत खूब रौनक लगी है। खरीददार और दुकानदार सभी नए कपड़ों में हैं, सबके चेहरे खिले हुए हैं, दुकानों के बाहर स्टॉल वग्यारा लगी हुई हैं जो साधन खड़े करने की जगह को बाधित कर रही हैं। दिवाली एक ऐसा त्योहार है जो सम्पूर्ण भारतवर्ष में मनाया जाता है। हालांकि इसे हिंदुओं का त्योहार कहा जा सकता है परंतु भारतीय लोग इसमें धर्म को अलग रखकर सभी वर्ग तथा समुदायों के लोग इसे पूरे हर्ष और उल्लास के साथ मनाते हैं। यह उत्तर के राज्यों में जितनी धूम के साथ मनाया जाता है, उतनी ही रौनक दक्षिण में भी दिखाई पड़ती है। अगर पश्चिम में पटाखों का शोर पाकिस्तान तक जाता है तो पूरब में दीपों की रोशनी म्यांमार तक भी पहुंचती है। यह बाज़ार के लिए साल का सबसे उत्कृष्ट समय है। दिवाली के समय लोग जितनी जिंदादिली से पैसे खर्च करते हैं, वह आपको और कभी देखने को नहीं मिलेगा। गरीब भी अपनी जमापूंजी से कुछ रकम दिवाली में खर्च करने के लिए निकालते हैं और अमीर तो दिवाली पर नए कपड़ें, पटाखें, बच्चों के खिलौने, मिठाइयां आदि ना खरीदे यह संभव ही नहीं है। इस भीड़ - भाड़ के माहौल में कुछ अनहोनी ना हो, सो उसकी देख - रेख के लिए पुलिस के जवान भी बाज़ार में अलग - अलग जगहों पर मुस्तैदी से तैनात है।

विक्रम को लौटते समय पुलिस ने रोका और लाइसेंस मांगा। विक्रम अपना वॉलेट तो घर पर ही छोड़ आया है पर उसके फ़ोन में डिजिटल लाइसेंस पड़ा है जो उसने पुलिस वालों को दिखाया।

हालांकि उसने हेलमेट भी नहीं लगाया हुआ है पर उसकी मम्मी को साथ देखते हुए पुलिस वालों ने उन्हें ज्यादा परेशान करना ठीक नहीं समझा और एक चेतावनी के साथ जाने दिया। महताब सुबह अपने पापा के साथ दुकान गया और वहां दिवाली की आरती करके लौटा। सौरव अपने दोस्तों के साथ ही सुबह से घर से निकला है बाइक पर घूमने के लिए। श्रुति को उसकी मम्मी ने बड़ी मुश्किल से 8 बजे उठाया जब उन्हें घर में दिवाली की धोक मारनी थी। नैना के साथ श्रुति जैसा ही हुआ। राधिका और मुरली सुबह 7 बजे के करीब केशव की रोने की आवाज़ से उठें, दोनों उसको पकड़कर चुप कराने लगें। उधर महताब को अचानक याद आया कि राधिका की मम्मी हाल ही में गुजरी है और उन्हें दिवाली नहीं मनानी तो वो उदास होंगी। वह घर वापिस पहुंचकर राधिका को कॉल करता है और कुछ देर उससे बातें करके उसका दिल बहलाने की कोशिश करता है। राधिका को भी सुबह - सुबह महताब का फ़ोन आना अच्छा लगता है, वह जानती है कि वह उसे अपनी बातों से खुश करने की कोशिश कर रहा है। राधिका महताब से कुछ देर बातें करती है और उसे यह एहसास दिला देती है कि उसका प्रयास सफल हुआ।

शाम को विक्रम पार्क जाता है और मंजू को मिलने के लिए बुलाता है। वह एक बार वापिस दिल्ली जाने से पहले मंजू से मिलना और बातें करना चाहता है। उसे अब किन्हीं जज़्बातों का कोई डर नहीं है, वह जान गया है कि उसके मन में अभी केवल श्रुति है। मंजू कुछ देर में पीले सूट में पार्क पहुंचती है, इस समय मंजू हमेशा से भी कही अधिक खूबसूरत लग रही है। वे दोनों सैर करते - करते बातें करते हैं।

"हे, मैंने कल तुझे देखा था तेरे घर के बाहर जब तू अपने भाई के साथ पटाखें बजा रही थी।"

"अच्छा तो आया क्यूं नहीं? एक काम कर आज रात को आ जाना, साथ में पटाखें फोड़ेंगे।"

"नहीं, आज तो मैं फैमिली के साथ दिवाली मनाऊंगा। वैसे ये पीला सूट तुझपे अच्छा लग रहा है, तूने कब से सूट पहनने शुरू कर दिए?"

"ये आज ही पहना है पहली बार, दिवाली के लिए ही सिलवाया था। वैसे मैं सूट नहीं पहनती। तू तैयार नहीं हुआ दिवाली के लिए?"

"मैं घर जाके तैयार होऊंगा। सुबह मम्मी के साथ बाज़ार गया था, फिर दोपहर में खाना खाके सो गया।"

"हां, इतने समय बाद दिल्ली से आया है। आराम करने का मन करता होंगा।"

"हां, घर के आराम में अलग ही सुकून है।"

"वहां पर पढ़ाई वग्यारा कैसी चल रही है?"

"ठीक है, टीचर्स तो अच्छे है, मैं ही कई बार क्लासेस बंक कर देता हूं। तेरी पढ़ाई कैसी है? मैंने सुना है ए. यू. में रिनोवेशन हुआ है।"

"कुछ नहीं, वो तो कैंटीन सही करवाई है इन्होंने। पढ़ाई कुल मिलाकर अच्छी ही चल रही है। एक टीचर है जो बहुत छूटी करते है पर उन्होंने भी सिलेबस पूरा करवा ही दिया।"

"ओह, बढ़िया है।"

"तू अभी कितने दिन और है?"

"बस परसो चला जाऊंगा। क्यूं?"

"नहीं, वैसे ही। तू अब मैच्योर लगने लग गया बातों से।"

"हूं, तू भी।"

"नहीं, मैं वैसी ही हूं।"

"तू दिखने में बड़ी लगने लग गई है पहले से।"

"वो तुझे वैसे ही सूट की वजह से लग रहा है।"

"हूं, हो सकता है।"

दोनों ने कुछ देर और बातें की और फिर अपने - अपने घर लौटे। रात को सभी के घरों में लक्ष्मी माता की पूजा हुई और दियें जलाए गए। कल की ही तरह सभी ने पटाखें फोड़े, आज केवल पटाखों की संख्या और भीषणता बढ़ गई। रात को 11 बजे के करीब श्रुति ने विक्रम को अपनी दिवाली वाली तस्वीर भेजी, विक्रम ने भी भेजना चाहा पर उसने ऐसी कोई खास तस्वीर खिंचवाई ही नहीं थी। अगले दिन सबने राम नवमी की राम - राम ग्रुप में भेजी, कुछ देर बातें हुई। सबकी अगले दिन वापिस आने की योजना बनी, केवल राधिका ने कहा कि वह एक हफ्ते और रुककर आएगी। इसके अगले दिन भाई दूज आया जो श्रुति ने सारांश और विक्रम ने शिवानी के साथ मनाया। शाम तक विक्रम, महताब, सौरव अपने - अपने शहरों से दिल्ली के लिए ट्रेन पकड़ चुके थे। श्रुति

रात की बस से आई और नैना अगले दिन शाम तक मेट्रो से पहुंची।

(18)

आज सुबह - सुबह 7 बजे श्रुति का विक्रम को कॉल आया।

"हेलो।"

"हेलो श्रुति।"

"तू आज कॉलेज कब तक जाएगा?"

"10 बजे तक, क्यूं?"

"वो अभी तक राधिका नहीं आई ना। तो मैंने सोचा तेरे साथ कॉलेज चलूंगी।"

"हां चलेंगे, बल्कि डेली साथ में ही चला करेंगे। अपनी क्लासेस की टाइमिंग्स भी सेम है।"

"हां, ठीक है। रोज 10 बजे ही चला करेंगे। कभी क्लासेस अगर आगे पीछे हुई तो एक - दूसरे को बता देंगे।"

"हां, आज वैसे सौरव और महताब भी मेरे साथ अपने कॉलेज आएंगे हंसराज घूमने के लिए।"

"हंसराज में क्या ही है यार, इनका कॉलेज इतना अच्छा तो है रामजस।" - श्रुति ने हंसते हुए कहा।

"हां वो तो है।" - विक्रम भी थोड़ा हंसा।

"चल अगर ये चल रहे हैं तो मैं नैना को भी बोल देती हूं, आज अपने सभी हंसराज चलते है।"

"हां, 10 बजे पी. जी. के गेट पर आ जाना, फिर चलेंगे।"

"ठीक है। चल मैं फ़ोन रखती हूं अभी, बाय।"

"ओके, बाय।"

10 बजे तक विक्रम, सौरव और महताब पी. जी. के द्वार पर पहुंचे। विक्रम ने श्रुति को फ़ोन किया और वो नैना को लेकर आई। पांचों जन बातें करते हुए कॉलेज के लिए निकलें।

"हंसराज कॉलेज कैसा है?" - सौरव ने पूछा।

"ठीक ही है यार, वैसे सब अच्छा है पर कुछ एक्सट्रा - स्पेशल नहीं है।" - श्रुति ने कहा।

"अरे सब को ऐसा ही लगता है। यूं तो हिंदू टॉप का कॉलेज माना जाता है पर मुझे अब कुछ खास नहीं लगता।" - नैना ने कहा।

"हां, ये भी है वरना हंसराज दिल्ली यूनिवर्सिटी के सबसे अच्छे कॉलेजेस में से है।" - विक्रम ने कहा।

"रामजस भी हमें कुछ खास नहीं लगता अब। हमारा दूसरे पीरियड वाला टीचर तो आधी क्लास का टाइम निकालकर आता है कई बार।" - महताब ने कहा।

"हां, बिलकुल सही है। उनके हिसाब से तो सिलेबस महीने भर का भी नहीं है। अब एग्जाम्स को महीना भी नहीं बचा और सर ने अब तक सिलेबस पूरा नहीं करवाया।" - सौरव

"अरे बस कर बस कर, हो जाएगा सिलेबस। वैसे हंसराज कॉलेज की चेकिंग तो ज्यादा स्ट्रिक्ट नहीं है ना। कभी हमें गेट से ही वापिस भेज दे।" - नैना

"नहीं, इतना कुछ नहीं है। तुम सब बाहर रुकना, मैं और श्रुति अंदर जाएंगे और मैं 5 मिनट में तुम सब के लिए दोस्तों के आई. डी. कार्ड ले आऊंगा। वो दूर से दिखाकर तुम सब अंदर आ जाना।" - विक्रम

"ये ट्रिक ठीक है, रामजस में भी मैंने सुना है इसके बारे में।" - सौरव

"आ गया कॉलेज।" - श्रुति

विक्रम के बताए तरीके के अनुसार वो दोनों पहले अंदर जाते हैं पर सुरक्षाकर्मी के आई. डी. ना मांगने के कारण कोई तरकीब लगाने की जरूरत नहीं पड़ी और वो सब कॉलेज में प्रवेश कर जाते हैं।

"गाइज, मैं पहली क्लास लगाकर आती हूं। फिर ग्राउंड या स्पोर्ट्स रूम में चलेंगे। इतने तुम विक्रम के साथ कॉलेज घूम लो।" - श्रुति

"हां, तू जाके क्लास लगा ले। मैं इतने इन्हें कॉलेज दिखाता हूं।" - विक्रम

"चल दिखा भाई तेरा कॉलेज।" - सौरव

विक्रम 1 घंटा इन तीनों को अपना कॉलेज दिखाता है - लाइब्रेरी, ऑडिटोरियम, कैफेटेरिया, ग्राउंड, स्पोर्ट्स रूम आदि। ये सब घूमकर ग्राउंड में जाकर बैठते हैं और इतने में श्रुति शंकर के साथ आती है।

"ये सब मेरे पी. जी. में रहते है; वो विक्रम है अपने ही कॉलेज का है, वो महताब, वो सौरव और वो मेरी रूममेट नैना, और गाइज ये शंकर है मेरा क्लासमेट।" - श्रुति

सभी शंकर से मिलते हैं।

"कॉलेज घूम लिया तुम सब ने?" - शंकर

"हां, घूम लिया।" - सौरव

"बढ़िया।" - शंकर

"चलो, स्पोर्ट्स रूम चलें? चैस या कैरम इशू करवा लेंगे।" - विक्रम

"हां चलते हैं। चैस खेलेंगे आज।" - श्रुति

"मुझे सिखा देना भाई। मुझे नहीं आती चैस।" - शंकर विक्रम की ओर देखकर कहता है।

"हां, कोई बात नहीं। मैं सीखा दूंगा।" - विक्रम

"तू खेल लेना, मैं सीखा दूंगा, सिंपल ही है।" - सौरव

"मुझे भी बता देना भाई, मैंने बहुत पहले सीखी थी अब याद नहीं है।" - महताब

"हां, मैं सीखा दूंगा।" - सौरव

सभी जन स्पोर्ट्स रूम में जाते हैं। विक्रम, श्रुति और शंकर अपनी - अपनी आई. डी. दिखाकर तीन चैस बोर्ड निकलवाते हैं और उन्हें लेकर ग्राउंड में चले जाते हैं। सौरव, महताब और शंकर को लेकर थोड़ा अलग हो जाता है और उन्हें चैस सिखाने लगता है।

विक्रम और श्रुति पहला मुकाबला लगाते हैं और नैना उनका खेल देखती है। पहले बाजी विक्रम के पाले में जाती हुई दिखती है मगर अंत तक आते - आते श्रुति अपना घोड़ा मरवाकर विक्रम को जाल में फसा लेती है और अगली कुछ चालों में उसे शह और मात भी कर देती है। अगला मुकाबला विक्रम और नैना का होता है जिसमें विक्रम नैना को बिलकुल आसानी से हरा देता है। इसके बाद विक्रम और श्रुति दोबारा मैच लगाते है, इस बार विक्रम एकतरफा जीत दर्ज करने वाला होता है पर अचानक वह बोर्ड से नज़रें उठाकर श्रुति की तरफ देखता है, उसकी आंखों में कुछ सेकंड देखने के बाद वह अगली ही चाल में अपनी रानी गलत जगह रख देता है और उसे मुफ्त में गवा बैठता है। इस तरह श्रुति अद्वितीय रहती है। इतनी देर में सौरव भी शंकर और महताब को खेल समझा देता है। नैना के साथ उन दोनों का खेल लगता है और वो एक के बाद एक दोनों को आसानी से हरा देती है। आखिरी मुकाबला विक्रम और सौरव का होता है। यह काफी लंबा चलता है पर आखिर में विक्रम एक सिपाही की बढ़त बनाता है और उसे दूसरी ओर पहुंचाकर एक नई रानी बना लेता है और सौरव को 'स्टेयरकेस मेट' कर देता है।

"चलो दोस्तों, तुमसे मिलकर अच्छा लगा। अभी मैं अपनी क्लास के लिए जा रहा हूं। तू चलेगी श्रुति?" - शंकर

"तुम सब वापिस जा रहे हो क्या?" - श्रुति

"हां, हम तो वापिस जा रहे थे। तुझे क्लास लेनी है तो मैं रुक जाता हूं।" - विक्रम

"नहीं, फिर चलते है। मेरा भी मन नहीं कर रहा अब क्लास लेने का।" - श्रुति

"ओके गाइज, बाय।" - शंकर जाते हुए कहता है।

सभी शंकर को अलविदा करते हैं और कॉलेज से बाहर निकलते हैं।

"अभी मेस के खाने में टाइम है तो टॉम अंकल के चले मैगी खाने?" - विक्रम प्रस्ताव रखता है।

"हां, चलते हैं।" - सौरव

"चलते हैं, मजा आयेगा।" - श्रुति

"चलो फिर।" - नैना

सभी टॉम अंकल मैगी की दुकान पर पहुंचते हैं। यह दुकान पिछले कई दशकों से यहां के लोगों और डी. यू. के छात्रों का अड्डा है। यहां कम से कम 50 तरह की मैगी और अन्य स्नैक्स मिलते हैं। विक्रम सभी से अपनी - अपनी पसंद की मैगी पूछता हैं और 3 ऑल इन वन, नैना के लिए 1 मसाला और श्रुति के लिए 1 चीज़ मैगी ऑर्डर करता हैं। मैगी खाकर सभी पी. जी. पहुंचते हैं। मेस में खाना लग चुका है पर श्रुति और नैना को बिलकुल भूख नहीं है, वो दोनों अपने कमरे में चली जाती हैं। विक्रम एक प्लेट में

खाना लेता है और वो, सौरव और महताब अपनी भूख अनुसार खाकर तीनों अपने कमरे में चले जाते हैं।

राधिका आज शाम की फ्लाइट से बनारस से दिल्ली वापिस आई है। एयरपोर्ट से वह कैब में बैठी। उसके पास सामान बहुत है तो रास्ते में उसने श्रुति को फ़ोन करके उसे पी. जी. के नीचे लेने आने के लिए बुला लिया। श्रुति इस समय कपड़े प्रैस कर रही है और वैसे भी उसने सोचा कि क्यूं ना महताब को राधिका को लेने के लिए भेज दूं। महताब पिछले कुछ दिनों में 2 - 3 बार श्रुति से बातों बातों में पूछ चुका था कि राधिका कब वापिस आने वाली है। श्रुति ने महताब को फ़ोन लगाकर कहा कि राधिका अभी आ रही है और कि वो उसे पी. जी. के नीचे लेने के लिए चला जाए। महताब ने श्रुति का फ़ोन आते ही जल्दी - से अपने मुंह हाथ धोएं, थोड़े बाल सही किए और राधिका के पहुंचने से 10 मिनट पहले ही द्वार पर पहुंच गया। राधिका द्वार पर श्रुति की जगह महताब को देखकर हैरान भी हुई और खुश भी, वह समझ गई कि श्रुति ने जान - बूझकर इसे भेजा है।

"हाय महताब।" - राधिका ने अपना हाथ आगे बढ़ाते हुए कहा।

"हाय राधिका।" - महताब ने उससे हाथ मिलाते हुए कहा।

"तू मुझे लेने आया है?" - राधिका ने हैरानी से पूछा।

"हां, श्रुति अभी प्रेस कर रही है तो उसने मुझे आने के लिए कहा।"

"ओह, थैंक्यू वैरी मच।"

"माय प्लैजर।"

महताब और राधिका सामान उठाकर राधिका के कमरे में पहुंचे। श्रुति कपड़े प्रैस करके आराम से बिस्तर पर लेटी थी, राधिका को देखते ही वह खड़ी हो गई और उससे गले लगी। पीछे से नैना आई जो पानी की बोतलें भरने गई थी, उसने भी राधिका को देखते ही बोतलें छोड़ी और उससे गले मिली। महताब सामान वहा रखकर वापिस अपने कमरे में आ गया। वह पूरी शाम राधिका के बारे में ही सोच रहा था, रात को उसने राधिका को मैसेज किया।

"हे राधिका।"

"हेलो महताब।"

"क्या कर रही है?"

"श्रुति के साथ मूवी देख रही हूं।"

"अच्छा, कौनसी?"

"फॉरेस्ट गंप।"

"बहुत बढ़िया मूवी है।"

"अभी तो आधी ही हुई है पर हां, अच्छी लग रही है।"

"हां पूरी देख, मैं तो इमोशनल हो गया था जब मैंने इसे पहली बार देखा था।"

"हूं, सच्ची!"

"हां"

"वैसे तू क्या कर रहा है?"

"मैं तो बस अभी सोऊंगा।"

"इतनी जल्दी! कल तो सन्डे है।"

"हां पर कल से मैं सुबह जल्दी उठा करूंगा। अगले महीने एग्जाम्स है ना तो अब से मैं पढ़ाई शुरू करूंगा।"

"हूं, मैं भी कुछ दिनों में पढ़ाई शुरू करूंगी।"

"कल शाम को तू पार्क चलेगी मेरे साथ?"

"हां चलूंगी पर कितने बजे?"

"5 बजे"

"हां, ठीक है। 5 बजे चलेंगे।"

"चल तू मूवी देख ले अब। सी यू टुमॉरो।"

"ओके, सी यू, बाय।"

सुबह 5 बजे के करीब महताब को सपना आता है कि वह राधिका के साथ हाथ में हाथ डालकर सड़क पर चल रहा है। वो दोनों बातें कर रहे हैं और हंस रहे हैं। उनके आस - पास कोई नहीं है, आसमान पर काले बादल छाए हुए हैं और सड़क अंतहीन प्रतीत हो रही है। वह अचानक राधिका की तरफ अपना चेहरा करता है और स्तबध खड़ा आधे घंटे तक उसकी आंखों में देखता रहता है। अचानक से बारिश होने लगती है और वो दोनों भागने के बजाय वही सड़क पर एक दूसरे का हाथ पकड़े लेट जाते हैं। रात हो जाती है और वो दोनों सितारों को निहार रहे होते

हैं। अचानक से वहा शोर होने लगता है, महताब अपनी इच्छाशक्ति से कान बंद कर लेता है पर अधिक देर तक ऐसा नहीं कर पाता। उसकी आंख खुलती है और वह खुद को अपने कमरे में पाता है। सौरव और विक्रम सो रहे होते हैं तो वो जल्दी - से अलार्म बंद करता है और कुछ देर में पढ़ाई करने लगता है।

शाम को वह अच्छे - से नहा - धोकर तैयार होकर नीली जीन्स, सफेद शर्ट पहनता है और परफ्यूम लगाता है। 5 बजते ही वह राधिका के कमरे के बाहर पहुंचता है और उसे लेकर पार्क के लिए निकलता है। राधिका भी आज नीली जींस, डिज़ाइनर कुर्ती और झुमकों में बहुत सुंदर लग रही है। दोनों पार्क में घूम रहे होते हैं पर महताब बीच - बीच में अपने फ़ोन की ओर देखता है और राधिका को और बातों में लगाकर समय व्यय करने की कोशिश करता है। घंटा भर बीत जाने पर राधिका वापिस चलने को कहती है तो महताब उसे जिद् करके रास्ते में गोलगप्पे वाले के पास रोक लेता है और बेहद आराम से गोलगप्पे खाता है। गोलगप्पे वाला राधिका को 2 गोलगप्पे खिला देता है जितने में महताब 1 गोलगप्पा खत्म करता है। वो दोनों गोलगप्पे खाकर पी. जी. की ओर बढ़ते हैं। रास्ते में भी महताब का ध्यान अपने फ़ोन की ओर ही होता है। राधिका के उसके फ़ोन की तरफ नज़रें घुमाते ही वह उसे जेब में रख देता है और राधिका का हाथ पकड़कर पी. जी. पहुंचता है। वो दोनों राधिका के कमरे में दाखिल होते हैं तो वहा पर कोई नहीं होता। राधिका यह देखकर हैरान होती है कि उनके कमरें में सब सामान अच्छे - से रखा होता है, कुछ भी वैसा बिखरा हुआ नहीं है जैसा वो 1.5 घंटा पहले छोड़ कर गई थी पर श्रुति और नैना कही दिखाई नहीं पड़ती। वह पीछे मुड़ती है तो

देखती है कि महताब ने अपनी जेब से एक ब्रेसलेट निकाल रखा
है।

"आई थिंक आई लाइक यू, राधिका।" - महताब राधिका का हाथ
पकड़कर उससे कहता है।

"आई थिंक आई लाइक यू टू!" - राधिका उसे खुशी से हंसते हुए
कहती है।

महताब के हाथ इस समय कांप रहे होते हैं, वह राधिका के दाएं
हाथ में ब्रेसलेट पहनाता है। इतने में पीछे से "मेरे हाथ में तेरा हाथ
हो" गाना किसी स्पीकर पर बजने लगता है जिस पर वह राधिका
के साथ कपल डांस करने लगता है। वे दोनों डांस कर ही रहे होते
हैं कि पीछे से श्रुति, नैना, विक्रम और सौरव कमरे में आते हैं।
राधिका अचानक से उन्हें देखती है और खुशी से जाके श्रुति के
गले लग जाती है। फिर वह वापिस आकर महताब के गले लगती
है और उन सब को उत्सुकता से महताब के प्रपोजल के बारे में
बताने लगती है। श्रुति उसे बीच में रोकती है, राधिका को समझ
आता है कि ये सब इन्हीं लोगों ने किया है। वो सब के सब एक
साथ घेरा बनाकर गले लगते हैं और कुछ देर सभी इसी कमरे में
बैठे रहते हैं। महताब बताता है कि उसने कितनी मुश्किल से श्रुति
और नैना को इनके पीछे से कमरा साफ करने और बाद में गाना
चलाने के लिए मनाया था।

(19)

श्रुति, राधिका और नैना तीनों आज शाम अपने कमरे में बैठे - बैठे ऊब रही हैं।

"यार, कुछ दिनों से मैं बोहत बोर हो रही हूं।" - श्रुति परेशान चेहरा बनाते हुए नैना और राधिका से कहती है।

"बोर तो मैं भी हो रही हूं, क्या करें?" - नैना कहती है।

"मेरे पास एक आइडिया है।" - राधिका

"क्या आइडिया?" - श्रुति

"अपने आज रात को गर्ल्स नाइट रखते हैं।" - राधिका

"अपना परसो टेस्ट भी तो है राधिका, उसके मार्क्स फाइनल में एड होएंगे।" - श्रुति

"हां, उसके लिए अभी पढ़ लेते हैं और बचा हुआ कल पढ़ लेंगे, इतना भी मुश्किल नहीं है टेस्ट।" - राधिका

"ये गर्ल्स नाइट क्या होती है?" - नैना

"ये एक लड़कियों की पार्टी जैसी होती है जिसमें लड़के अलाउड नहीं होते। हम मस्त खाते - पीते हैं, म्यूजिक चलाकर डांस करते हैं, रात भर बातें करते हैं, गेम्स खेल सकते हैं और जो भी मन करे, कर सकते हैं।" - राधिका

"अच्छा, पार्टी करनी है मतलब।" - नैना

"हां।" - राधिका

"चलो करते है फिर आज रात को गर्ल्स नाइट।" - नैना

"ठीक है, करते हैं।" - श्रुति

"चलो अभी पढ़ाई कर लेते हैं, फिर रात को थोड़ा खाना खाकर पिज्जा और कॉक ऑर्डर कर देंगे, स्पीकर नैना वाला पड़ा ही है जो तुमने महताब के लिए बजाया था।" - राधिका ने आखिरी वाक्य नैना की चुटकी लेते हुए कहा।

"तू बहुत मजे लेने लग गई, टिक जा।" - नैना

"सॉरी - सॉरी।" - राधिका ने हंसते हुए कहा।

"आज शाम को फिर पार्टी करेंगे। अभी पढ़ लेते हैं।" - श्रुति

श्रुति और राधिका पढ़ाई करने लग जाते हैं और नैना अपना फ़ोन चलाने लग जाती है। रात को ये तीनों मेस में खाना लगते ही पहुंच जाती हैं और जल्दी से थोड़ा - थोड़ा खाकर वापिस अपने कमरे में आ जाती है। नैना कॉक और पिज्जा ऑर्डर करती है, श्रुति कुछ बीयर और राधिका कुछ विचित्र हास्यजनक मुखौटे और पार्टी - पॉपर डिलीवरी ऐप से मंगवा लेती हैं।

10 बजे के करीब पिज्जा आते हैं और इनकी गर्ल्स नाइट शुरू होती है। सबसे पहले तीनों श्रुति के लैपटॉप में 'ये जवानी है दीवानी' मूवी चलाते हैं और साथ में पिज्जा खाते हैं और कॉक पीते हैं।

"तुम्हारी जैसी लड़कियां फ्लर्टिंग के लिए नहीं, इश्क़ के लिए बनी हैं।" - नैना फ़िल्म का ये डायलॉग महताब की नकल करते हुए बोलती है और राधिका को छेड़ती है।

"मैं उड़ना चाहती हूं, दौड़ना चाहती हूं, बस रुकना नहीं चाहती।"
- राधिका हंसते हुए बोलती है।

फ़िल्म खत्म होने तक 1 बज जाता है। तीनों राधिका के मंगवाए हुए मुखौटे लगाती हैं, स्पीकर पर 'बलम पिचकारी' गाना बजता है और तीनों इस पर नाचने लगती हैं। फिर 'दो घुट पीला दे साक़िया', 'लैला मैं लैला' आदि गाने बजते हैं और ये तीनों बीयर पीते हुए नाचती हैं। कभी बीच में नैना ये बीयर राधिका को पिलाती तो कभी राधिका बची हुई कॉक उठाकर हवा में उछालती जिसकी बूंदें इन तीनों पर आकर गिरती। नाचते - नाचते ही इन्होंने पार्टी - पॉॅपर भी फोड़े। अचानक से श्रुति एक तकिया उठाकर राधिका को पीछे से मारती है, वो तकिया राधिका छीन लेती है और श्रुति को वापिस मारती है। 'तुम्ही हो बंधु' गाना चल रहा होता है। नैना दूर से इनकी स्नैप बना रही होती है, श्रुति दूसरा तकिया उठाकर नैना को मारती है। नैना तीसरा तकिया उठाकर श्रुति को मारने लगती है पर वो उससे बच जाती है और तकिया जाकर राधिका के लगता है। राधिका अपने तकिए से नैना को मारती है और इन तीनों की 'पिलो फाइट' शुरू हो जाती है। गाना 'सुबह होने ना दे' पर बदलता है और ये तीनों तकिए फेंककर वापिस नाचने लगती हैं। श्रुति कुछ देर बाद थक कर बैठ जाती है पर कुछ ही देर में राधिका और नैना उसे वापिस अपने साथ खींचकर नाचने के लिए ले आती हैं।

4 बज जाते हैं, तीनों थक कर एक - दूसरे के बिस्तरों पर लेट जाती हैं। फिर तीनों याद के लिए कुछ सेल्फी लेती हैं और अपने - अपने बिस्तर पर आ जाती हैं।

"मजा आ गया राधिका आज तो।" - नैना

"हां, मजा आया आज।" - राधिका

"तू कहा गुमसुम है श्रुति?" - नैना

"कुछ नहीं यार, मैं सोच रही थी..." - श्रुति

"क्या?" - नैना

"... कि विक्रम को प्रपोज कर दूं।" - श्रुति

"के बात! प्यार हो गया क्या तुझे?" - नैना

"हां, मुझे तो ऐसा ही लग रहा है।" - श्रुति

"विक्रम भी तुझे प्यार करता है?" - राधिका

"पता नहीं, आई गैस हां। बहुत टाइम से मुझे इंप्रेस करने में तो लगा था।" - श्रुति

"अच्छा फिर कैसे करना है?" - नैना

"पता नहीं यार, सीधा उसके कमरे में जाकर उसे आई लव यू बोल दूं?" - श्रुति

"अरे नहीं, बावली है क्या! प्रपोज करना है, टेस्ट देने नहीं जाना।" - नैना

"फिर?" - श्रुति

"जैसे महताब ने मुझे ब्रेसलेट दिया था ना..." - राधिका

"हां, इसे महताब को बीच में लाना ही था।" - नैना

"मैं कह रही हूं कि वैसे ही श्रुति को भी विक्रम के लिए कोई गिफ्ट लेना चाहिए।" - राधिका

"ये आइडिया अच्छा है पर क्या लूं?" - श्रुति

"ब्रेसलेट तो मत लेना, वो फिर आइडिया कॉपिड लगेगा।" - राधिका

"अरे लॉकेट लेले, विक्रम की काली टी - शर्ट के साथ का।" - नैना

"हां, वैसे भी विक्रम वो टी - शर्ट बहुत पहनता है। लॉकेट के साथ अच्छी लगेगी। चलो फिर मैं कल ही लॉकेट ले आऊंगी और आगे का बाद में अपने डिसाइड कर लेंगे।" - श्रुति

"हां, ठीक है, ले आना।" - नैना

बातें करते - करते नैना वापिस गाने शुरू कर देती है और बिस्तर से खड़ी हो जाती है। श्रुति और राधिका दोनों वही पड़ी रहती है, नैना समझ जाती है कि अब केवल उसी में ऊर्जा बची है तो वो उन दोनों को उठाने की कोशिश भी नहीं करती और खुद भी गाने बंद करके वापिस लेट जाती है। राधिका इतनी देर में सो चुकी होती है, नैना भी सोने लगती है और श्रुति भी कमरे की लाइट बंद करके सोने आ जाती है।

(20)

आज विक्रम, सौरव और महताब कॉलेज नहीं गए। श्रुति ने सुबह विक्रम को कॉलेज चलने के लिए फ़ोन किया तो उसे पता चला कि विक्रम का कल टैस्ट है जिस कारण वह आज पी. जी. में

रुककर पढ़ाई ही करेगा। श्रुति फिर राधिका के साथ ही कॉलेज चली गई। यह उसके लिए वैसे अच्छा भी था क्योंकि आते समय उसे विक्रम के लिए लॉकेट भी लेना है। नैना का भी कल टैस्ट है तो वो भी आज पी. जी. में रुककर पढ़ाई ही कर रही है। इन सब के आंतरिक मूल्यांकन शुरू हो चुके हैं जिसके नंबर इनकी अंतिम मार्कशीट में जुड़ेंगे। इसी कारण सभी ने पढ़ाई शुरू कर दी है। यही 1 महीना होता है हर सेमेस्टर में जब बच्चे पढ़ाई करते नजर आते हैं। सौरव और महताब आज पी. जी. में बैठे असाइनमेंट बना रहे हैं। श्रुति और राधिका कॉलेज के रास्ते में विक्रम को प्रपोज करने की योजना पर विचार - विमर्श कर रही हैं।

"सिर्फ लॉकेट काफी होंगा?"

"हां, काफी होना चाहिए। महताब ने मुझे ब्रेसलेट दिया था, वो मेरे लिए काफी था।"

"फिर तूने भी उसे बाद में डिओ लाकर दिया था ना?"

"हां, दिया था और उसे काफी अच्छा भी लगा था।"

"मैं भी विक्रम के लिए डिओ लूं?"

"ले तो सकती है पर वो अभी ज्यादा हो जाएगा। अभी के लिए लॉकेट ही काफी होगा। डिओ उसे फिर कभी तुम कही जाओ या कोई प्लैन बने तब दे दियो।"

"हां, चल फिर आज लॉकेट ही ले लूंगी।"

"हूं।"

दोपहर में विक्रम, सौरव, महताब और नैना खाना खाने के समय मेस में मिलते हैं।

"श्रुति और राधिका अभी तक नहीं आईं?" - सौरव

"नहीं, वो थोड़ी देर से आयेगी। वो क्लास के बाद बास्केटबॉल खेलने लग गई है।" - नैना

"अच्छा, उन्हें बास्केटबॉल खेलनी आती है?" - सौरव

"ऐसे ही माथा फुड़ाकर आ जाएगी।" (नैना हंसने लगती है और उसके साथ बाकी तीनों भी।)

श्रुति और राधिका कॉलेज से आज जल्दी निकल गई हैं और एक दुकान पर पहुंचती हैं। वे दुकानवाले से लड़कों के लिए बढ़िया लॉकेट दिखाने को कहती हैं। कुछ देर टटोलने के बाद वे उन्हीं में से एक लॉकेट निश्चित करती है जो दुकानवाले ने सबसे पहले दिखाएं थे। लॉकेट लेकर वे जब तक पी. जी. पहुंचती हैं तब तक बाकी चारों खाना खत्म करके जा चुके थे। मेस का समय बस खत्म होने ही वाला है तो ये दोनों जल्दी से अपना खाना लेकर बैठती हैं।

आज सुबह से सौरव और महताब, विक्रम को श्रुति के नाम से छेड़ रहे हैं। विक्रम पहले तो इन्हें अपनी भावनाओं के बारे में बता भी देता पर अब उसने निश्चय किया है कि वो इन्हें कुछ नहीं बताएगा। श्रुति और राधिका ने नैना को लॉकेट दिखाया तो उसने थोड़ी आना - कानी करके आखिर उसे मंजूर कर दिया।

"भाभी को प्रपोज कब करेगा?" - सौरव

"जल्दी कर देना भाई, फिर बात हाथ से ना निकल जाए।" - महताब

"यार, ऐसा कुछ नहीं है। वो मुझे शुरू में अच्छी लगी थी पर अब वो सिर्फ मेरी अच्छी दोस्त है।" - विक्रम

श्रुति, राधिका के साथ विक्रम के कमरे में आ रही होती है पर तीनों लड़कों को बातें करते सुन बाहर ही रुक जाती हैं।

"तू मान या ना मान, तुझे श्रुति पसंद तो है।" - महताब

"नहीं यार, इतनी भी नहीं पसंद और वैसे भी अब मैं यू. पी. की लड़कियों से ऊब चुका हूं। अब मुझे नॉर्थ - ईस्टर्न बढ़िया लगती हैं।" - विक्रम

श्रुति की आंखों से ना चाहते हुए भी आंसू निकलने लगते हैं, वो वही से वापिस अपने कमरे में चली जाती है। राधिका भी उसके पीछे - पीछे पहुंचती है। नैना श्रुति को पकड़ती है और उसे पास में पड़ी पानी की बोतल देती है।

"क्या हुआ, राधिका! उसकी भैंस की आंख, विक्रम ने मना कर दिया क्या?" - नैना

"नहीं, हम उसके कमरे के बाहर पहुंचे तब वो तीनों श्रुति के बारे में ही बात कर रहे थे तो हम दोनों बाहर रुक गए और हमने सुना कि विक्रम को श्रुति पसंद नहीं है।" - राधिका

"कह रहा था कि अब उसे नॉर्थ - ईस्टर्न बढ़िया लगती है।" (श्रुति ने सिसकते हुए कहा।)

"उसकी नॉर्थ - ईस्टर्न की..!" (नैना ने अपना गुस्सा काबू में किया।)

"चुप होजा श्रुति।" - राधिका

"अरे कुछ नहीं होता, तू तो उससे लाख गुना अच्छी है। उसके जैसे लड़कें तो लाइन लगाकर खड़े होंगे तेरे सामने।" - नैना

अगले दिन सुबह विक्रम कुछ देर पी. जी. के द्वार पर श्रुति और राधिका का इंतज़ार करता है पर वो नहीं आते। विक्रम का भी आज टैस्ट है तो वो ज्यादा रुकने के बजाए अकेला कॉलेज चला जाता है। अगले दिन फिर श्रुति और राधिका नहीं आते तो विक्रम श्रुति को फ़ोन करता है। राधिका फ़ोन उठाती है और उससे कहती है कि वो दोनों आज कॉलेज नहीं जाएगी क्योंकि उनका अगले दिन टैस्ट है। अगले दिन श्रुति और राधिका विक्रम के नीचे आने से पहले ही कॉलेज के लिए निकल जाती हैं, सौरव उन्हें जाता हुआ देखकर विक्रम को बताता है। विक्रम को अजीब भी लगता है और बुरा भी पर वह कुछ नहीं कहता। फिर अगले दिन वह उन दोनों के लिए रुकता ही नहीं और न ही उन्हें फ़ोन करके चलने के लिए पूछता। श्रुति का रात का खाना राधिका या नैना उसके कमरे में ही ले जाती, विक्रम के पूछने पर कहती कि उसका टैस्ट है या वो असाइनमेंट बना रही है। कुछ दिन तो आंतरिक मूल्यांकन के कारण ऐसे ही निकल गए और विक्रम ने इस बारे में अधिक नहीं सोचा।

अब उनकी सेमेस्टर की परीक्षाओं से पहले वाली छुट्टियां शुरू हो गई है। एक दिन विक्रम ने श्रुति को मैसेज भी किया पर श्रुति ने वो मैसेज बस देख कर ही छोड़ दिया। इसी दिन रात में विक्रम को श्रुति खाना खाने के समय मेस में मिली। वो उस के साथ वाली

मेज पर तो बैठी पर बिलकुल अंतिम में। खाना खाकर जब श्रुति बर्तन रखने गई तो विक्रम भी पूरा खाना खत्म न होने पर भी उठ गया और उसके पीछे - पीछे बर्तन रखने चला गया। यहां श्रुति ने सामान्य रूप से विक्रम से बातें की पर जल्दी ही वहां से चली गई। विक्रम इस बर्ताव का कारण समझने में असमर्थ है। वो चुप - चाप सौरव और महताब के साथ अपने कमरे में चला जाता है और रात को उनके साथ आगामी परीक्षाओं के लिए पढ़ाई करने लगता है। श्रुति भी रात को पढ़ाई करने की कोशिश कर रही है पर उसका और विक्रम, दोनों का ही मन पढ़ाई में नहीं लग रहा।

(21)

कुछ दिनों से सभी परीक्षाओं की तैयारी में लगे हैं। विक्रम ने कुछ दिनों से घर पर भी बात नहीं की है। उसके मन से श्रुति की बेरुखी का ख्याल निकल - सा गया था पर आज सुबह 7 बजे के करीब वो पास वाले पार्क में जाता है जहां उसे दूर से श्रुति दिखती है। श्रुति उसे देखकर भी अनदेखा कर देती है तो वह भी उससे बात करने नहीं जाता। श्रुति कुछ देर पार्क में चक्कर लगाकर चली जाती है और विक्रम एक कोने में बैठा अपना फ़ोन देखता रहता है। कुछ देर बाद विक्रम भी वहा से पी. जी. जाने के लिए निकलता है पर इस समय उसका मन वापिस जाने को नहीं कर रहा। उसके मन में श्रुति के ख्याल से दर्द उठ रहा है। वह कुछ देर वही आस - पास गलियों में घूमता है पर फिर आखिर भूख लगने पर अपने, सौरव और महताब के लिए एक दुकान से सैंडविच लेकर वापिस पी. जी. में अपने कमरे में पहुंचता है। वह

सौरव और महताब को जब सैंडविच देता है तो वो दोनों उसके चेहरे की उदासी देखकर उसका हाल पूछते हैं। विक्रम अपना सैंडविच अलग से रख देता है, उससे अभी कुछ खाया नहीं जा रहा, ऐसा लग रहा है कि वो अभी रो देगा। इतने में सौरव कोई उन्ही के बीच का पुराना लतीफा बोलता है जिसपर वो सभी हमेशा हंसते हैं और अब भी विक्रम की हंसी निकल जाती है। इस हंसी के बाद उसका दिल और भारी हो जाता है।

"क्या हो गई ना यार लाइफ़, दिमाग भी खराब हो रहा है और हंसते भी रहते हैं।"

इतना कहते ही विक्रम रो पड़ता है। उसे याद है कि वो आज तक मंजू के लिए भी कभी नहीं रोया। वो अपने आप को संभालता है और महताब के हाथ से पानी का गिलास लेकर पीता है।

"क्या हो गया भाई, श्रुति की बात है?" - महताब उससे पानी का गिलास लेते हुए पूछता है।

"हां यार, वो बहुत दिनों से मुझसे बिलकुल अलग हो गई है। आज पार्क में तो मुझे देखकर भी अनदेखा कर दिया।" - विक्रम

"हां भाई, मैंने भी नोटिस किया है। तेरी उससे कुछ बात हो गई है क्या?" - सौरव

"नहीं भाई, कुछ भी नहीं हुआ। बस अचानक से उसने ऐसे बिहेव करना शुरू कर दिया।" - विक्रम

"चल तू टैंशन ना ले, कुछ नहीं होता। हम करते हैं कुछ।" - सौरव

"डाली का दर्द बस डाली जाने, ना बाग जाने ना माली जाने।" - विक्रम धीमी आवाज में कहता है।

सौरव और महताब इस पर कुछ नहीं कहते और विक्रम को सैंडविच खिलाकर उससे थोड़ा दूर आ जाते हैं। कुछ देर वो इस बारे में आपस में विचार - विमर्श करते हैं।

"तेरी राधिका से इस बारे में कोई बात नहीं हुई?" - सौरव

"नहीं यार, हमारी तो बस नॉर्मल बातें ही होती है, ऐसा कुछ तो उसने कभी नहीं बताया।" - महताब

"चल उसको फ़ोन लगाकर पूछ और वो बताए तो स्पीकर पर डाल देना।" - सौरव

"ठीक है, करता हूं।" (महताब फ़ोन मिलाते हुए कहता है।)

"हां, कर।"

"अरे यार, इसका फ़ोन बिजी आ रहा है।"

"अरे तू छोड़, मैं नैना को फ़ोन करके पूछता हूं।"

सौरव नैना को फ़ोन करता है और नैना उसे सारी बात बताती है। सौरव उसे सारी बात बताता है कि वो तो ये उस दिन मजाक कर रहे थे और ये भी कि विक्रम भी श्रुति को पसंद करता है। नैना और सौरव मिलकर उन दोनों को मिलाने की योजना बनाते हैं, सौरव नैना को कहता है कि श्रुति को अभी कुछ ना बताए और ये कि वो सब उसे बाद में चौंकाएंगे। इनकी बात चल ही रही होती है कि मेस के खाने का समय हो जाता है और श्रुति और विक्रम नीचे मेस में मिलते हैं। दोनों आज एक दूसरे से बचने के विचार से सबसे जल्दी आए हैं और इसी कारण दोनों एक - दूसरे के आमने - सामने आ जाते हैं।

"तू भी आज इतनी जल्दी आई है!"

"हां, तो।"

"नहीं, राधिका और नैना को साथ नहीं लाई?"

"नहीं लाई, मेरी मर्जी।"

"हां, मैं तो वैसे ही कह रहा था।"

"मत कह।"

"तू ऐसे क्यूं कर रही है?"

"चल मुझे खाना लेने दे। फिर मुझे पढ़ाई भी करनी है एग्जाम्स के लिए।"

विक्रम चुपचाप अपना खाना लेकर अपने कमरे में चला जाता है और श्रुति वही मेस में बैठकर खाना खाती है। नैना और राधिका भी नीचे खाना खाने पहुंचती हैं और श्रुति को उदास बैठा देखती हैं। वो दोनों उससे कुछ नहीं कहती और अपना - अपना खाना लेकर उसके साथ आकर बैठ जाती हैं। सौरव और महताब भी नीचे खाना खाने जा ही रहे थे कि विक्रम को आता देख रुक जाते हैं। सौरव विक्रम को नैना से हुई सारी बात बताता है और फिर श्रुति के इस रवईये का कारण विक्रम के समझ में आता है।

"अरे भाई, मैं तो वैसे ही तुम्हें टाल रहा था तब। सच बताऊं तो मुझे लगता है मुझे उससे प्यार हो गया है।" - विक्रम

"अरे हां, वो तो हमें पता है। तेरे मुंह पर ही लिखा है।" - सौरव

"फिर अब उससे बात करने जाऊ?" - विक्रम

"नहीं, मैंने और नैना ने प्लैन बनाया है। कल नैना श्रुति को अपने कमरे में रखेगी और तू सुबह जाकर उसे प्रपोज करेगा।" - सौरव

"हां, नैना और राधिका दोनों तुम्हें सपोर्ट करेंगी।" - महताब

"ठीक है।" - विक्रम

विक्रम के चेहरे पर सुकून साफ दिखाई पड़ रहा है। पिछले कुछ दिनों में वह श्रुति की अपने जीवन में अहमियत समझ चुका है। उसे ऐसा लग रहा है कि उसके सर से एकाएक ही कोई संकट टल गया हो। शाम को वह सौरव और महताब के साथ जाकर श्रुति के लिए चॉकलेट और एक सॉरी का कार्ड लेकर आता है।

अगले दिन सुबह वह सबसे पहले उठ जाता है और थोड़ी देर में सौरव और महताब को भी उठाता है। वो सब नहा - धोकर तैयार हो जाते हैं। नैना और राधिका भी आज जल्दी तैयार हो गई पर श्रुति उनके लाख कहने पर भी आज जल्दी नहाने को राजी नहीं हुई। कुछ देर में नैना से हरी झंडी पाते ही विक्रम, सौरव और महताब उनके कमरे के पास पहुंचते हैं और सौरव, महताब विक्रम को अंदर धक्का देते हैं। श्रुति उसे देखकर हैरान हो जाती है, राधिका और नैना थोड़ी दूर हो जाती हैं और विक्रम श्रुति के पास आकर उसे सॉरी कार्ड देता है। विक्रम श्रुति को उस दिन वाली सारी गलतफहमी के बारे में समझाता है और इतने में श्रुति की आंखों से आंसू निकलने लगते हैं।

"आई लव यू श्रुति।" - विक्रम श्रुति को चॉकलेट देते हुए कहता है।

"येस, आई लव यू टू।" - श्रुति अपने आंसू पौंछते हुए और मुस्कुराते हुए कहती है।

पीछे से नैना श्रुति को वो लॉकेट लाकर देती है और श्रुति वो लॉकेट विक्रम को पहनाती है। इतने में सौरव और महताब भी कमरे में आ जाते हैं।

"उस दिन वाला गाना चला जो महताब के लिए बजाया था।" - श्रुति

"हट बावली, रोमेंटिक नहीं अब असली पार्टी करेंगे।" - नैना

"कैसी पार्टी?" - सौरव

"शाम को क्लब चलेंगे।" - नैना

"हां, मजा आयेगा।" - राधिका

"ठीक है, चलेंगे।" - महताब

शाम को 8 बजे के करीब ये सब हौज़ खास के एक क्लब में पहुंचते हैं जहां जोड़ी में आने पर अंदर जाने के पैसे नहीं लगते हैं। वहां लगभग 3 घंटे नाचना - गाना और खाना - पीना करके ये सब पी. जी. वापिस आते हैं।

2 दिन बाद से इनके सेमेस्टर एग्जाम शुरू हो जाते हैं जिसके कारण लगभग 10 दिन के लिए माहौल फिर से पढ़ाई वाला बन जाता है। नतीजे निकलते हैं तो सभी अच्छे नंबर से पास होते हैं और विक्रम 8.7 सी. जी. पी. ए. के साथ इन सब में सबसे अधिक अंक लाता है।